하얀 석탄

하얀 석탄

아시아

우리가 측정할 수 있는 거의 모든 환경 지표에서 인류의 운명은
사실상 밝아지고 있다.

　　　　　　　　　　　− 비외른 롬보르, 『회의적 환경주의자』에서

'하얀 석탄'이라는 사과나무

*

2015년 12월 유엔이 주관하는 파리기후협약이 체결되었다. 195개국이 지구온난화의 주범으로 몰려온 이산화탄소 배출량 줄이기에 나서겠다고 약속했다. 2016년 5월 한국 감사원이 충남 서해안 석탄발전들의 미세먼지가 수도권과 서울지역 대기오염에 끼치는 악영향 실태를 공개했다. 한국사회에 석탄발전을 축출해야 한다는 여론이 득세했다.

2016년 9월 경주에 강진이 발생했다. "원전이 어떻게 될지 모른다는 공포가 지진보다 더 무서웠다." 월성원전 인근 마을에 사는 한 노인의 말이다. 여진은 이미 500회도 훌쩍 넘었다. 언제 어느 지역에서 어떤 강진이 발생하려나? 아무도 모른다. 지구 혼자만 안다. 한국사회에 원전을 폐쇄해야 한다는 여론이 높아졌다.

태양광발전을 비롯한 신재생에너지가 더더욱 각광을 받

는다. 이것은 한국사회의 좋은 일이고 바람직한 현상이다. 그러나 잊지 말아야 한다. 태양광발전은 마냥 좋은가? 이 질문을 소중히 간직해야 한다. 그것도 심각한 단점과 한계가 있고, 이 문제는 환경파괴와 미학적 관점의 집단스트레스 유발을 포함하기 때문이다.

*

우리(이대환, 윤민호, 임재현)가 두 차례 일본 요코하마 이소코석탄화력발전소를 찾아간 때는 2016년 7월 하순과 8월 중순이었다. 이 책이 주장하는 〈하얀 석탄〉의 가능성을 확인할 수 있었다.

우리는 '전기' 연구원도 엔지니어도 아니다. 오지게 얽매인 데가 있다면, 더 사람다운 삶을 보장할 수 있는 세상으로 바꿔가야 한다는 신념이다. 환경과 전력은 '더 좋은 세상'의 필수조건이다. 그러나 토끼몰이 방식으로는 더 좋은 세상을 위한 구상조차 할 수 없다. 이래서 우리는 한국사회에 〈하얀 석탄〉의 길을 제시하기로 했다. 다음 세기에는 〈하얀 석탄〉마저 극복할 것이라는 기대를 품고서.

*

누구나 쉽게 읽어낼 문장과 표현으로 가야 한다는 원칙을 엔간히 지켜낸 이 책의 초교를 받아 들고 더 보완할 것과 책머리에 얹을 글을 헤아려보았던 11월 9일, 그날 그 저물

무렵은, '최순실 게이트'에 온 나라가 분노로 들끓고 도널드 트럼프의 미국 대통령 당선에 온 세계가 입을 쩍 벌리고 있었다. 참으로 괴이쩍은 상황이었다. 멀뚱거리고 있던 어느 순간에는 문득 무엇인가에 홀려서 꼼짝없이 높다란 고통의 언덕 위에 던져진 기분마저 맛봐야 했다. 한참 걸리긴 했으나 정신을 가다듬었을 때, 어둠살이 번지는 두 갈래의 길을 바라볼 수 있었다. 하나는 한국의 길이고, 또 하나는 미국의 길이었지 싶다. 한국의 길은 기어이 먼동 트는 지평에 닿을 것 같은데, 어쩐지 미국의 길은 더 우중충하고 더 어지러운 밤의 거리에 닿을 것만 같았다.

앞의 예감은 들어맞기를, 뒤의 예감은 빗나가기를 바라곤 했다. 11월이 저무는 날, 도널드 트럼프는 78세 윌버 로스를 상무부 장관에 내정했다. 한국 외환위기 때(1998년) 한라그룹을 능지처참하듯 찢어서 팔아치우고 800억 원을 챙겼던 사냥꾼…… . 12월이 첫 토요일을 넘기고 며칠 더 지났다. 한국의 시간은 촛불의 대하(大河)를 이루는 한 달이었다. 그 도도한 강물이 유장하게 새벽의 지평을 가로지르자면 이제부터는 윌버 로스 따위도 기억해내고 전력정책 같은 것도 생각해보는 여유를 회복해야 한다.

*

새해에는 새로운 시작의 막이 오른다. 새 무대에는 '대통령 뽑기'라는 장기 공연이 열릴 것이고, 굵직한 시대적 사안들과 큼직한 국가적 과제들이 공약(公約)의 이름으로 덩달아 난무할 것이다. '전력정책'은 빠질 수 없다. 대통령을 뽑는 과정이든 뽑은 다음이든 2017년에 한국은 '바른 전력정책'을 국민 합의로 결정할 수 있어야 한다. 이것은 촛불의 광장이 해결할 문제가 아니다. 횃불을 부르는 문제는 더욱 아니다. 바른 정보, 바른 상식, 바른 교양이 해결할 문제다. 그런 책이 〈하얀 석탄〉이다. 석탄의 토로를 열심히 받아쓴 〈하얀 석탄〉은 지진, 미세먼지, 이산화탄소, 녹지, 미관, 국토의 조건 등을 두루 살펴보는 시민과 더불어 한국 전력정책이 나아갈 바른 방향을 가리킬 것이다.

이 세모에 여전히 한국 서점가에는 검은 장막이 드리워져 있다는 소식이다. 탄핵 사태의 또 다른 그림자로 생겨난 그 장막은 새해 예쁜 달력이 제자리를 잡은 뒤에도 좀처럼 사라지지 않을 듯하다. 어쩌겠나. 어처구니없는 경우지만 '먹의 향기를 간직한 먹물'들은 저마다 더듬어봐야지. 사과나무를 심겠노라 다짐했던 철학자의 심정을.

2016년 세모에
이대환

차례

내 이름은 '하얀 석탄'

　나는 석탄이다. 나는 세계적 존재다. 그래서 내 이름은 아주 다양하다.

　영어는 코올, 러시아어는 우갈, 중국어는 메이탄, 인도네시아어는 바뚜바라, 태국어는 한힌, 베트남어는 탄다, 스페인어는 까르본, 아랍어는 파흠, 스와힐리어는 막카, 페르시아어는 파흐, 포르투칼어는 카르방, 독일어는 꼴러, 프랑스어는 챠흐보, 이태리어는 카르보느, 터키어는 쿠무쉬, 일본어는 세키탄……, 그리고 한국어는 석탄.

　그러나 나는 성(姓)이 없다. 인간의 여권이나 항공권에는, 인도네시아 같은 예외가 없는 것은 아니지만, 그 주인의 이름이 패밀리 네임(family name)과 기븐 네임(given name)으로 갈라져 있다. 나는 아직도 패밀리 네임을 받지 못했다. 영국이 시작한 제1차 산업혁명이 벌써 언제였나. 18세기 중엽이니 어림잡아도 250년도 훨씬 더 지났다. 그때 나를 태워서 증기기관을 돌렸던 인간들이 나를 지하의 보물쯤으로 귀하게 여기긴 했다. 그게 전부였다. '귀한'이란 성을 부여하진 않았다. 그랬다면 나는 그 시절에 '귀하신 몸'으로 통했을 것이다. 프레셔스 코올(Precious Coal).

어떤가. 어마어마하게 폼 잡으며 위세도 당당히 한 세상을 즐기는 어느 부유한 백작 나리의 성함 같지 않은가. 빌어먹을, 예의도 모르는 영국인들 같으니라고.

물론 한때는 내가 굉장한 이름으로 불린 적이 있었다. '검은 다이아몬드'. 땅속의 나를 캐내 팔아서 엄청나게 돈을 벌어먹은 인간들이 붙여준 이름이었다. 검은 다이아몬드? 그래서 석탄의 기분이 우쭐해졌었나? 나는 가소로웠다. 웃기는 짓거리로 들렸다. 인간들은 나의 속마음을 모를 수밖에 없겠으나, 나는 돈에 환장한 인간들을 몹시 싫어한다. 그러니 나를 '검은 다이아몬드'라 치켜세우며 시거나 빨아대는 그치들을 내가 얼마나 경멸했겠나. 검은 다이아몬드, 블랙 다이아몬드, 그 이름은 석탄 족속의 수치였다.

나를 '석탄'이라 부르는 나라의 어느 작가는 나를 '잠자는 불'이라 했다. 이건 기분 나쁘게 들리지는 않았다. '잠자는 불'과 '검은 다이아몬드'의 차이는 '가혹한 노동'과 '굉장한 돈벌이'의 차이다. 탄광 막장에서 죽음과 투쟁하는 광부에게는 내가 '잠자는 불'이고, 산더미처럼 쌓인 나를 화차나 화물선에 옮겨 실은 자본가에게는 내가 '검은 다이아몬드'라는 뜻이다.

나는 '잠자는 불'이 아니다. 나를 '잠자는 불'이라 부를 때, 그 문학적 비유의 호칭도 인간의 경제활동을 벗어나지 못한다. 석탄을 태우는 돈벌이, 이 테두리에 갇혀 있다. 본디 나는 저 까마득한 고대에 지구의 나그네였던 생물체들, 이제는 흔적 없이 사라진 그들의 실체에 대한 비밀을 간직한 존재일 따름이다. 비밀을 인간은 흔히 어둠에 휩싸여 있다고 한다. 어둠은 검다. 비밀도 검다. 그래서 석탄이 검은 것은 당연하다. 인간의 과학이 제대로 풀지 못한, 현재로선 제대로 풀어낼 가망마저 가물가물한, 지구에서 사라진 생명체들의 비밀덩어리. 이것이 나, 석탄이다. 그러니까 내가 검게 보일 수밖에 없는 까닭은 나의 실체가 그러한 비밀덩어리이기 때문이라는 것이다. 흔히 인간들이 나쁜 뜻으로 일컫는 그 '검다'나 '시커멓다'가 아니라는 말이다.

격세지감, 새옹지마. 이 말을 나는 확실히 알고 있다. 격세지감이라더니, 새옹지마라더니. 인간들의 탄식이 언젠가 나의 탄식이 될 줄은 까맣게 몰랐다. 수십만 년, 수만 년을 살았건만 그건 상상조차 못했다. 꿈에서 한 번쯤 언뜻 본 적도 없었다. 인간들이란 정말이지…….

아직 나는 성이 없다고 했지만, 요즘 거의 성으로 굳어진 말은 있다. 그것은 '더티(dirty)'다. 영어가 기세를 뻗쳐 세계 공용어처럼 통용되는 세상에 어느덧 '더티'가 나의 성으로 거의 굳어지고 있다. 단지 '거의'란 말을 주목해주기 바란다. '거의'가 나의 숨통이요 희망이다. '거의'란 '완전'이 아니다. '완전'에 이르지 못하는 '빈틈'이 바로 '거의'다.

더럽게 운이 나빠서 '더티'가 나의 성으로 완전히 굳어진다고 가정해 본다. 그럴 바엔 차라리 '검은 다이아몬드'라 불러 달라는 편이 나을 것 같다. 돈도 '더티' 족속이긴 하지만 일단 듣기에는 '더티'보다야 '블랙 다이아몬드'가 훨씬 낫지 않겠나. 지금 내가 끙끙 용을 짜내는 목소리로 '거의'를 주목해 달라고 했다. 내 성이 아직은 '더티'로 완전히 굳어지지 않았으니, 모두 귀를 기울여 보시라. 아직은 누구도 '더티 코올'이라 부르지 않는다. '더러운 석탄'이라 부르는 한국인도 없다. 그저 '더티 에너지'라 한다. 나를 태워서 얻어낸 전깃불 밑에 모여서 밥도 먹고 술도 마시고 텔레비전도 쳐다보는 인간들이⋯⋯.

더티 에너지. 물론 나를 가리킨다. 석탄을 가리킨다. 그러나 '에너지'라는 기븐 네임에 '더티'라는 패밀리 네임이 붙은 느낌이지, '코올'이라는 기븐 네임에 그것이 달라붙은 느낌은 아니지 않다. 바로 이것이 나에게 남은 '거의'라는 찬스다. 라스트 찬스다. 그 빈틈에 내 명예회복의 외길이 있다. 내가 진정으로 원하는 나의 성을 받아낼 가느다란 외길이 있다.

　호랑이는 죽어서 가죽을 남기고, 인간은 죽어서 이름을 남긴다. 이때 이름은 명예지만 출세의 명예는 아니다. 욕된 이름으로 기억되게 살아가지 말자는 그 명예다. 나도 그렇다. 나는 이 세계에 적어도 욕된 이름으로는 남고 싶지 않다. '더티', 이보다 더 욕된 성이 있을까. 최소한 수만 년 나이를 먹었는데, 이 얼굴에 느닷없이 '더티' 오물이라니. 나는 내 성으로 '거의' 굳어져가는 '더티'를 연기처럼 날리려 한다.

　석탄은 죽어서 '하얀'이란 성을 남긴다. 이것이 내 소망이다. '더티'의 상대어는 '클린(clean)'이다. 한국어로는 '깨끗한'이 되겠다. 한자어로 쓰면 '청정'이다. 실제로 일본에는 나를 '청정 에너지'라 부르는 사람도 없지 않다. 그러나 나는 그냥 '하얀'이 좋다. 영어로는 '화이트(white)'다.

　내 이름은 '하얀 석탄'이다. 죽어서 나는 '하얀 석탄'이란 성명을 남길 것이다.

　하얀 석탄, 화이트 코올. 이게 말이나 되냐고? 어불성설이라고? 모순형용, 뭐 그런 문학의 수법 아니냐고? 비웃을 테지. 조롱하고 싶을 테지. 물론, 이건 인간들의 자유다.

　나, 석탄은 마침내 '하얀'이란 성을 얻을 수 있다. 이제부

터 그 비결을 인간들에게, 특히 내 성을 '더티'라 부르는 인
간들에게 들려줄까 한다.

석탄발전이 사람을 잡는다?

2016년 5월 10일, 나, 석탄이 한국에서 치명타를 입은 날
이다. 그날 이후 내 성은 한국에서, 특히 서울과 수도권에
서 '더러운'을 넘어 '살인적인'으로 불리는 중이다. 까딱하
면 내 성이 한국에서는 '킬링'이 될지도 모른다. '킬링 코
올'. 오, 맙소사.

대체 그날이 어떤 날이었나? 뭐 그리 특별한 날이었나?
나는 별다른 기억이 없다. 계절의 여왕에 걸맞은 5월의 전
형적인 하루였는지, 하늘이 황사에 덮인 것처럼 잔뜩 찌푸
리고 있었는지. 나는 기억이 없다. 나, 석탄의 기억에 새겨
진 그날의 특별한 일은 한국 감사원의 '수도권 대기환경 개
선사업 추진실태 감사 결과' 공개였다. 그날따라 지적이 날
카로웠다.

환경부가 제2차 수도권 대기환경관리 기본계획(2015~

2024년)을 수립하면서 수도권 대기에 영향을 끼치는 주요 오염원을 제대로 파악하지 않아 대책의 실효성이 떨어진다. 수도권 이외 지역의 석탄화력발전소와 제철소 등에서 배출되는 미세먼지와 초미세먼지는 남동풍이 부는 7월~10월 수도권 대기에 영향을 미치고 있다. 충남 지역 발전소의 수도권 대기오염 기여율은 미세먼지가 3~21%, 초미세먼지가 4~28%에 이르는 것으로 나타났다. 그런데 환경부는 그 계획에 충남 지역 화력발전소 등에 대한 관리대책을 포함하지 않았다. 미세먼지 측정기기 관리도 소홀했다. 자동측정기 108대 중 17대가 허용 오차율 10%를 초과하고, 초미세먼지 자동측정기 65대 중 35대가 성능 기준에 미달하여 대기 질 측정의 신뢰성을 담보할 수 없다.

옳은 말씀, 맞는 말씀이었다. 나를 태워서 전력을 만드는 충남 지역 석탄화력발전소들의 미세먼지, 초미세먼지 배출 실태는 실컷 얻어맞고 오지게 망신을 당해야 한다. 그러나 더 심각한 문제는, 그 뉴스를 접한 인간들이 무조건 '석탄은 나쁜 놈, 더러운 놈' 쪽으로만 사나운 기세로 몰아갔다는 점이다. 바로 이때다 하고 성큼 더 나가서 나를 '사람 잡는 석탄'이라 찍어댄 인간들도 수두룩했다. 몰이성과 비이

성이 간단히 사회를 지배한 시간대에 그들 모두의 관심 밖으로 밀려난 것은 '석탄을 태워서 전력을 얻는 기술과 설비를 개선하면 어떤 새로운 길이 열리는가?'라는 질문이었다. '미세먼지, 초미세먼지를 거의 발생시키지 않는 석탄발전, 이산화탄소 배출을 대폭 감축시키거나 완전히 따로 빼돌리는 석탄발전은 있을 수 없는가?' 아예 이런 질문을 하지도 않았고 던져봤자 거들떠보지도 않았을 것이다.

그날 감사원 발표 뒤에도 꼭 그랬다. '사람 잡는 석탄'이 마치 저명한 악역의 배우처럼 언론에 등장하고 인터넷을 점거했다. 이런 경우에 그들은 곧잘 그린피스의 데이터를 애용한다. 지구의 미래를 안전하게 지켜내려는 훌륭한 인간들의 헌신적인 단체가 그린피스다. 먼저, 나, 석탄은 그린피스 회원 개개인에게 무한한 존경을 표한다. 이 존경심은 내가 나를 구하려는 이기심도 깔고 있다. 그들이 갈구하는 세상이 하루빨리 와야만 비로소 나도 옛날처럼 다시 땅속에서 평안히 잠이나 즐길 수 있지 않겠나.

나, 석탄이 그린피스를 존경해도 그들은 나, 석탄을 경멸한다. 매우 경멸한다. 나는 그들의 경멸을 얼마든지 받아줄 수 있다. 그들이 타고 다니는 자동차, 선박, 비행기를 만들자면 철이 있어야 하고, 철을 만들자면 내가 있어야 하니,

설령 그들이 철저히 신재생에너지로 움직이는 기계들만 이용하고 있다고 하더라도, 그들의 활동은 이미 나를 바탕으로 이뤄지는 것이기 때문이다. 그래서 나는 그린피스 회원들 중에 무조건 걸어 다니는 사람을 무조건 더 존경한다.

나, 석탄을 경멸하는 그린피스가 제공한 '한국에서 사람 잡는 석탄'의 실체는 어떤가? 여기서 나는 '킬링'이라는 성을 얻을 위험에 빠질 수밖에 없다. 5월의 그 미세먼지 난리를 맞아 2015년 그린피스와 하버드대학교 연구팀의 공동 연구 결과가 새삼 튀어나왔다.

한국에 현재 운전 중인 53기 석탄발전소에서 만들어내는 미세먼지에 의한 조기 사망자 수가 연간 1,100명이고, 한국에 건설 중이거나 계획 단계에 있는 석탄발전소 20기에서 만들어내는 미세먼지 PM2.5에 의한 조기 사망자 수가 연간 1,020명 추가로 발생할 것으로 예측된다.

그들의 계산이 틀림없다면, 내 이름은 '킬링 코올'로 불려야 마땅하다. 내가 '하얀'이란 성을 상상하는 그 자체가 인간세상을 향한 범죄적 의식으로 전락할 지경이다. 이쯤 되면, 나는 두말할 필요도 없다. "인간들이여, 나를 그냥 땅속에서 평안히 잠자게 내버려 두라." 이 말만 기도문처럼 되뇌며 지구의 미래와 인간의 안락을 신재생에너지에 의탁하려는 인간들의 처분만 기다릴 노릇이다.

미세먼지의 정체

나, 석탄을 운반할 때 먼지가 발생한다. 벼를 운반할 때 먼지가 발생하는 것이나 똑같다. 나, 석탄을 태울 때는 미세먼지란 놈이 발생한다. 내 몸은 지구에서 사라진 옛 생명체들의 비밀덩어리다. 그들이 지녔던 여러 성분이 당연히 응축돼 있다. 그게 타면서 인간들이 미세먼지라 일컫는 놈으로 나간다.

대기 중에 떠도는 먼지는 크게 세 종류로 나눈다. TSP(총부유먼지, Total Suspended Particulate), PM10(미세먼지), PM2.5(미세먼지).

PM10(Particulate Matter Less than 10㎛)이란 영어 글자 그대로 직경 10마이크로미터 이하의 미세한 입자를 말한다. 머리카락 굵기의 약 6분의 1 정도다. PM2.5는 직경 2.5㎛ 이하의 더 미세한 입자다. 이게 진짜 미세먼지고, 그래서 PM2.5를 초미세먼지라고도 부른다.

왜 미세먼지가 인간들의 요주의 주목을 받게 되었나? 먼지들 중에서 '덩치가 좀 큰 먼지'라고 할 수 있는 총부유먼지는 호흡을 통해서 인체 내부로 들어와도 대부분이 기도 윗부분에서 걸러진다. 호흡을 담당하는 인체의 특정 부위가 정교하게 창조된 그 혜택을 톡톡히 보는 것이다. 인간의 호흡기는 PM10도 엔간히 걸러낼 수 있다. 그래서 미국 환경보호청(EPA)은 PM10을 '호흡성 알갱이'라 부른다.

그러나 PM2.5는 인간의 기도를 유유히 통과해 버린다. 콧구멍과 기도를 지나간 공기가 어디로 가나. 폐포에 도달한다. PM2.5도 당연히 폐포에 달라붙게 된다. 이놈은 혈액을 타고 혈관을 따라 돌면서 염증을 일으켜 암세포를 만들 수도 있다. PM2.5의 폐해는 그것만 아니다. 이놈은 대기 중에 떠돌면서 다른 오염물질이 자신에게 달라붙을 수 있는 표면을 제공한다. 이래서 대기 중의 PM2.5는 더 많은 오염물질을 포함할 수밖에 없다.

이놈을 어째야 하나? 현재로선 달리 방법이 없다. 어떡하든 PM2.5 배출을 대폭 줄이는 수밖에는. 이래서 나, 석탄은 인간들을 이해할 수 있다. "석탄 없는 세상을 만들자"는 외침을 덤덤히 들어줄 수 있다는 것이다. 오늘날 인간들이 이만큼 '배부르게, 따뜻하게, 번드르르하게' 살아갈 수 있도록 되기까지에는 석탄의 공로가 석유의 공로보다 더 오래되었고 더 컸다고 늠름히 선언할 수 있지만, 옛날 얘기 해본들, 이율배반에 배은망덕이라 해본들, 그걸 어디에 쓰겠느냐는 말이다.

그래도 나, 석탄이 한 가지 질문만은 꼭 해볼 생각이다. 나 죽고 너 죽자. 이런 심보는 아니다. 나, 석탄은 좀 억울하다. 이게 내 심정이다. 석탄발전만 "더러운 놈" "죽일 놈"이라 몰아세우는 것이 왠지 억울하다. 그래서 한국 미세먼지의 현황, 실태를 살펴봐야 하겠다.

미세먼지 실태

한국의 미세먼지 현황과 실태는? 일단, 중국에서 유입되는 미세먼지는 따로 봐야 한다. 그것이 한국의 미세먼지 농도에 미치는 기여율은 계절이나 지역에 따라 달라진다. 황사기간에는 그 값이 70~80%까지 치솟는다. 이러니 따로 계산해야 옳지 않겠나.

한국 대기오염원 전체를 크게 몇 분류로 나눠볼 때, 그들은 저마다 PM2.5를 얼마나 배출하고 있나? 2013년 기준의 통계다. 그때나 요새나 그게 그것일 테니, 비율부터 비교해 보자.

PM2.5 배출 비율 : 사업장 61%, 건설기계와 선박 등 18%, 경유차 14%, 발전소 5%, 냉난방 2%.
PM2.5 총량 비율 : 사업장 35%, 건설기계와 선박 등 19%, 발전소 17%, 경유차 15%, 냉난방 7%, 기타 7%.

미세먼지의 배출 비율을 보면 단연 사업장이 압도적으로 높은데, 배출 비율에선 5%에 불과한 발전소가 왜 총량 비율에선 17%나 차지하는가? 여기서 발전소는 화력발전소다. 석탄, 석유, LNG화력발전소를 다 포함한다. 석유나 가스는 나, 석탄보다 미세먼지 배출량이 훨씬 적다. '발전소' 비율을 몽땅 다 '석탄'의 것이라 덮어쓰기로 하자. 나를 태워서, 석탄을 태워서 터빈을 돌리는 화력발전소에서 배출한 것이라 치자. 배출 비율 5%가 생성 비율 17%로 상승한 이유는, 황산화물(삭스, SOx)과 질소산화물(녹스, NOx)이 각각 이산화황(SO_2)과 이산화질소(NO_2)로 전환되는 비율과 그것이 다시 PM2.5로 전환되는 비율을 감안하여, 이 2

차 생성물 총량을 1차 배출 총량에다 보탠 값이기 때문이다. 이 계산법은 수학공식 같은 것이다. 나, 석탄은 나이가 최소한 수만 년이다. 그 공식이 나에겐 난해하다. 일반 시민에게도 그럴 것이다. 그냥 덮어두기로 하고……. 꼭 알고 싶다면 미세먼지 통계표도 나오는, 천성남 연구원의 「화력발전분야 미세먼지 저감 연구개발 현황」을 참고하기를.

2013년 한국 초미세먼지 PM2.5의 1차 배출 총량은 연간 7만3천여 톤이었다. 이들 중 화력발전소가 3천600톤(5%)을 차지했다. 1차 배출량을 포함시킨 2차 생성 총량은 연간 87만여 톤이었다. 이들 중 화력발전소가 15만여 톤(17%)을 차지했다. 바로 이 지점에 나, 석탄이 꼭 묻겠다는 질문 하나가 박혀 있다.

석탄이 한국사회에 묻는다

한국에서만 연간 1,100명을 조기 사망에 이르게 한다니, '블랙 다이아몬드', 그 이름을 차라리 전설이라 하고 '킬링 코올', 이렇게 불려야 마땅한 나, 석탄, 숨을 가다듬는다.

PM2.5를 17%나 생성한다는 석탄발전, 나를 태우는 발전소가 그렇게 한국사회를 죽음의 공동체로 만들고 있다면 나를 경멸하며 석탄발전을 폐쇄하자는 주장에 대해 나는 얼마든지 수긍할 수 있다. 이래서 나는 한국사회와 한국인들에게 묻지 않을 수 없다.

석탄발전을 모조리 폐쇄하라. 그렇다면 PM2.5를 35%나 생성하는 공장들은 왜 폐쇄하지 않나? 공장들은 어림잡아서 연간 2,200명 이상을 조기 사망에 이르게 하니 나, 석탄보다 두 배나 더 '킬링' 능력을 갖추고 있지 않나? 답은 뻔하다. 공장들이 돌아가야 경제가 돌아가니까 공장들을 멈추게 할 수야 없다, 그러니 설비개선 의무를 더욱 강화하겠다는 거겠지.

석탄발전을 모조리 폐쇄하라. 그렇다면 PM2.5를 15%나 생성하는 경유차는 왜 모조리 폐차시키지 않나? 그것은 또 연간 970명 이상을 조기 사망에 이르게 하니 나, 석탄과 거의 버금가는 '킬링' 능력을 갖추지 않았나? 2005년 5월 2일에는 한 환경단체가 '세계 천식의 날'을 맞아 경유차에 의한 서울과 수도권의 조기 사망자가 연간 11,127명에 이르고 호흡기질환 13,121건, 만성기관지염 7,808건, 급성기관지염 1,223,396건으로 그 경제적 피해만 10조 원이며 국가예산 전체의 5%에 해당된다고 발표한 적도 있지 않았나? 그런데 왜 십 년이나 더 지나도 '경유차'는 여전히 생산하고 여전히 운행하나? 답은 뻔하다. 자동차를 당장 없애면 경제활동과 일상생활에 대혼란이 발생하니까 그럴 수야 없다는 것이다. 순차적 통행제한, 연차적 폐차, 뭐 이런 온건한 조치나 들고 나설 테지.

경유차와 석탄발전을 손보겠다

2016년 5월 10일 한국 감사원의 수도권 미세먼지 관리실태 감사결과 공개는 '냄비 근성'이 좀 유난스럽다고 알려진 한국사회를 발칵 뒤집어 놓았다. 더 날씬해 보이기 위해서라면 밥 굶는 것쯤 예사로 여기고, 더 예뻐지기 위해서라면 얼굴에 칼 대기마저 주저하지 않는 한국인에게 그 뉴스는 참을 수 없고 견딜 수 없는 것이었다. 한마디로 난리가 났다. 이 난리를 즉각 시청과 구독으로 직결시키는 사명에 불타는 언론들이 석탄발전을 이리 굴리고 저리 굴렸다. 조기 사망자 수치를 석탄발전의 굴뚝 위에 해골 깃발처럼 꽂기도 했다. '킬링 코올'이 그토록 수많은 국민을 일찍 죽게 만든다는데, 그것도 충남지역 석탄발전들이 똑똑하고 잘나고

힘세고 금전 많기로 소문난 이들이 대거 몰려 사는 서울과 수도권에서 수많은 조기 사망자를 만든다는데 어찌 정부가 무심할 수 있겠나? 무심하다면, 그건 정부도 아닐 테지.

감사원의 공개 후 3주쯤 지난 6월 3일이었다. 여기저기서 나, 석탄을 '킬링 코올'이라 몰아세우는 가운데 한국 정부를 대표한 환경부 장관이 〈미세먼지 특별 관리대책〉을 내놓았다. '특별'이라? 아마도 '비상'이란 단어에 더 입맛이 끌렸을 테지만 국민의 불안감만 증폭시키게 된다는 내부의 반대가 있었을지 모른다. 있었다면, 똑똑한 목소리였다. '북핵'과 '사드'만 해도 안팎으로 '비상'인데 '비상사태'를 선포하기가 너무 너무 어려워진 나라에서 석탄발전까지 '비상'을 보탠다면 안보 '비상'의 비상마저 더 심드렁해졌을 것이다.

우리나라의 미세먼지 오염도는 2000년대 이후 지속적으로 개선돼 왔으나 2013년부터 정체되었고 국민의 체감 오염도는 나빠지고 있는 상황입니다. 정부는 이번 특별 대책을 차질 없이 시행하여 제2차 수도권 대기환경 기본계획상 목표의 달성 시기를 2024년에서 2021년으로 3년 앞당기는 한편, 향후 10년 내에 유럽 주요 도시 현재 수준으로 개선하기로 하였습니다.

주요 배출원으로부터의 미세먼지를 대폭 감축하겠습니다. 경유차, 건설기계 관리를 강화하며 친환경차 보급을 획기적으로 확대하고 대기오염이 심한 경우에는 자동차 운행제한을 추진하겠습니다. 2005년 이전 출시된 노후 경유차량은 2019년까지 조기 폐차 시키겠습니다. 또한 모든 노선 경유버스를 친환경적인 자동차로 단계적으로 대체하겠습니다.

신차 중 2.6%에 머물고 있는 친환경차를 보급 확대하여 2020년까지 30%로 대폭 늘릴 것입니다. 또한 주유소의 25% 수준으로 충전 인프라도 확대하겠습니다.

발전소와 산업체에서 발생하는 미세먼지를 저감하겠습니다. 발전소의 미세먼지를 대폭 저감하기 위해서 노후 석탄 발전소 10기 폐지 등 친환경적으로 처리하고 신규 발전소 9기에 대해서는 배출기준을 국내에서 가장 강한 영흥화력 수준으로 적용하도록 하겠습니다.

사업장 미세먼지와 관련해서는 대기오염 청량제 사업을 확대하고 수도권 외의 지역은 국내외 실태조사를 거쳐 배출 허용 기준을 강화하겠습니다. 생활주변 미세먼지를 줄이기 위하여 도로 먼지 청소 차 약 500대를 향후 5년간 보급하고 건설 공사장의 현장 관리점검을 강화하겠습니다. 또한 생물

성연소 전국 실태조사와 함께 생활주변 미세먼지 저감을 위한 대국민 캠페인을 전개하겠습니다. ……2조원 규모의 펀드를 조성해 에너지 신산업을 지원하는 한편 CO_2의 포집 저장 핵심기술 개발과 에너지 저장산업을 육성하겠습니다.

다시 달포쯤 더 지났다. 〈미세먼지 특별 관리대책〉에 대한 정부의 정책조율 과정에서 환경부와는 티격태격할 수밖에 없을 산업통상자원부, 어쨌든 '산업'이 나서야 하는 차례였다. 7월 6일, 그들은 서울 팔래스호텔에서 〈석탄화력발전 대책회의〉를 열었다. 준비한 대책을 장관이 발표했다. 미세먼지도, 황산화물도, 질소산화물도 감축하겠다고 했다. 나, 석탄은 안 들어도 알 만했다. 환경부장관이 나의 예상대로 '경유차'를 연차적으로 어떻게 해보겠다고 했던 것처럼, 보나마나 산자부 장관은 서울과 수도권 시민을 위해 석탄화력발전소들을 '특별히 손볼 대책'을 내놓을 것이었다. 무슨 뾰족한 대책이 있겠나? '킬링 코올'을 아예 죽이거나 갈아치우겠다는 것밖에 더 있겠나? 석탄화력발전소, 너무 기니까 그냥 '석탄발전'이라 부르자.

현재 한국이 가동하고 있는 총 53기 석탄발전 가운데 30

년이 지난 10기의 가동을 중단한다. 가동한 지 30년이 넘은 석탄발전 중에 충남 서천의 1, 2호기는 2018년, 경남 고성의 삼천포 1, 2호기는 2020년, 전남 여수의 호남 1, 2호기는 2021년, 충남 보령 1, 2호기는 2025년에 각각 폐쇄한다. 강원 강릉의 영동 1, 2호기는 폐쇄하는 대신 연료를 석탄에서 바이오매스(유기 폐기물)로 교체한다.

이들 10기 석탄발전의 전기생산 용량은 330만kw. 이 정도는 연차적으로 폐쇄해도 국가 전체의 전력 소비에는 지장이 없다는 얘긴데, 주목할 것이 있다. 왜 석탄발전들 가운데 '오래된 것, 늙은 것'이라고 봐야하는 1호기와 2호기만 폐쇄 대상으로 찍혔을까? 답은 뻔하다. '덜 오래된 것, 좀 젊은 것'에 비해서 그것들이 미세먼지와 온실가스를 훨씬 더 많이 배출하기 때문이다. 왜 그럴까? 역시 답은 뻔하다. 설비가 뒤떨어지기 때문이다. 낡은 설비라서 오염물질 배출이 그만큼 더 많은 것이다.

7월 6일 산자부 장관의 대책 발표는 설비, 기술 문제를 포함했다.

20년 이상 30년 미만의 석탄발전 8기는 성능을 개선하고 환경설비를 교체해 오염물질 배출을 줄인다. 그리고 20년 미만의 35기는 2019년까지 2400억 원을 투자해 탈황 탈질소 설비를 보강하고, 가동 20년이 될 때는 고강도 성능 개선을 한다.

'덜 오래된 것, 좀 젊은 것'들은 설비 보강과 기술력 투입으로 미세먼지와 온실가스 배출을 줄일 수 있다는 말이다. 그래봤자 문제는 남는다. 줄이기는 줄이는데, 어느 수준까지 줄이겠느냐? 설비를 교체하고 보강하긴 한다는데, 얼마나 투자해서 얼마나 뛰어난 최첨단 설비를 장착하겠느냐? 2400억 원, 고작 그 예산으로 석탄발전 43기를 제대로 손보겠느냐? 어림없어 보인다. 대통령이나 산자부 장관이 한전(한국전력)에 압력을 넣어서 해마다 6조 원씩이나 흑자를 낸다는 그 돈의 상당액을 석탄발전 최첨단 설비 도입과 교체에 최우선 투입하게 해놨는데, 다만 그날은 발표할 수 없는 사정이 있어서 그만큼만 내놨을 따름이었나? 실제로는 이미 그런 조치를 다 취해놨거나 조만간 그런 조치를 취하게 돼 있나?

현재 건설 중인 20기의 석탄발전 가운데 공정률 90% 이상인 11기는 다른 발전소보다 2~3배 강화된 오염물질 기준을 적용하고, 2030년까지 오염물질 배출량을 40% 더 줄인다. 공정률 10% 이하의 9기는 세계 최고 수준의 환경설비를 갖춘 영흥화력발전소의 배출 기준을 적용한다.

공정률 10% 이하의 석탄발전 9기에는 인천시 옹진군 영흥면 바닷가의 영흥석탄발전 기준을 적용한다? 좋다. 좋은 일이다. 그러나 질문이 있다. 영흥석탄발전이 세계 최고 수준의 환경설비를 갖추고 있나? '세계 최고 수준'일 수는 있어도 '세계 최고'는 아니다. 일본 요코하마 도심에 붙은 '이소코석탄화력발전소'에 가보라. 먼지, 미세먼지, 삭스, 녹스, 이산화탄소 등 모든 배출 기준에서 영흥발전을 앞선다.

석탄발전은 더 못 짓게 하겠다?

새로 짓는 석탄발전, 한국은 말 그대로의 '세계 최고'를 왜 추구하지 못하나? 아하, 이건 뭐 그다지 궁금해하지 않아도 되겠다. 석탄발전, 이걸 영 버리겠다는 거니까. 오우, 킬링 코올을 아예 없애버릴 작정인데, 쓸데없이 '환경적으로 세계 최고 석탄발전'을 짓기 위해 더 애를 쓰고 더 돈을 넣어야 하겠나? 독일을 비롯한 여러 선진국들이 '탈석탄 발전'으로 가고 있는데 당연히 한국도 탈석탄 발전으로 나아가야 하지 않나? 지당하신 말씀이다. 나, 석탄, 이 대목에서 어느 관료와 대화를 나눴다.

"탈석탄 발전? 전력 생산량 공백은 어떡할 건데?"

"염려마쇼. 태양광, 육상풍력, 해상풍력, 이런 친환경 재생에너지를 자꾸자꾸 많이많이 늘려야지."

"그것들만으로는 너무 느리고 너무 모자랄 텐데?"

"걱정도 팔자셔. 우리는 원자력발전이 많잖아? 대용량 전력소비는 원전들이 충분히 감당하면 돼. 그러니 이제부터는 전력걱정일랑 잊어버려. 석탄발전들을 모조리 없앤다니 미세먼지 걱정도 상당히 까먹게 될 텐데."

"석탄발전을 모조리 없앤다고?"

"우리 장관이 그랬잖아? 석탄발전, 없앤다고."

"언제?"

"그날, 7월 6일, 서울 호텔에서."

석탄발전을 없앤다? 그날 산자부 장관이 그런 대책도 내놨나? 혹시 독일의 산자부 장관이 서울까지 날아와서 귀신처럼 빙의라도 했나?

새 석탄화력발전소는 원칙적으로 건설을 금지하고, 증가하는 전력수요는 저탄소 친환경 전력으로 충당한다.

'없앤다'고 들어도 되는 말을 하긴 했구나. 새 석탄발전 건설 금지? 이게 무슨 말인가 하니⋯⋯.

한국에서 현재 공정률 10% 이하 9기 석탄발전의 마지막 건설을 2022년에 마친다고 하자. 이 경우에 석탄발전의 수명을 30년으로 잡으면 2052년에, 더 늘려서 40년으로 잡으면 2062년에 한국에서도 석탄발전이 완전히 없어진다는 것이다. 나, 석탄이 드디어 한국에서도 평화의 시대를 누리는 그날이 온다는 것이다. 캄캄한 땅속의 평화, 숱한 생명체들의 비밀덩어리로서 기나긴 죽음과 같은 수면. 나, 석탄이 한국에서도 본성을 회복하는 그날이 온다는 말이다. 종로 사거리로 뛰쳐나가 보신각종에다 이마를 들이받고 부스러기를 흘리며 꿈인가 생시인가 분간해야 하는 그날이 온다는데⋯⋯.

너무 흥분하면 실수한다. 가만히 보면, 그날 한국 산자부 장관의 그 발언에서 놓치지 말아야 할 것이 있다. 두 가지다. "원칙적으로", "저탄소 친환경 전력". 이것이다.

첫째, 원칙적으로? 이것은 사정에 따라서, 경우에 따라서,

상황에 따라서 '석탄발전 건설을 허가해줄 수도 있다'라는 구멍이다. 제법 큰 구멍이다. 하긴 뭐, 장관의 정책적 발언에는 정무적인 계산도 들어갔을 테지. "석탄발전을 다 없애 다니요? 만약 2052년이나 2062년에 도달하는 동안 '먼지, 미세먼지, 삭스, 녹스, 이산화탄소 배출량'을 현재의 LNG 발전보다 훨씬 더 낮추는 석탄발전 설비와 기술이 나오면 어떡할 겁니까?" 이 질문을 받았을 때 장관은, "그래서 '원칙적으로'라고 하지 않았소? 전력생산은 환경코스트와 경제코스트가 양대 관건인데, 내가 그걸 몰라서 '원칙적으로'라는 단서를 빼먹었겠소? 환경코스트 문제만 만족할 만한 수준으로 해결된다면야 현재로서는 석탄발전이 베스트라고 주장한들 어느 누가 반기를 들 수 있겠소?"라고 답변할 수 있을 것이다.

둘째, 저탄소 친환경 전력? 태양광발전은 저탄소다. 설비 돌리는 자체는 무탄소다. 청정대기의 기준으로는 분명히 친환경이다. 하지만 녹색대지의 기준으로는 반환경적이다. 얼마나 넓은 녹색대지를 없애야 하나? 풍력은 저탄소다. 설비 돌리는 자체는 무탄소다. 소음공해가 심각하다. 자리 차지도 만만찮다. 산이 70%나 되는 국토, 그래서 해상풍력으로 나간다. 해양생태 문제가 또 시끄러워지겠지. 하지만 최악의 조건은 태양도 바람도 제조공장을 돌릴 만한 '대용량' 전력 생산이 거의 불가능하다는 태생적인 단점과 한계다. 태양광발전도 풍력발전도 철강이 들어야 하는데 자신을 만들어줄 제철공장을 돌릴 만한 동력을 생산할 수 없다. 대용량에는 너무 넓은 땅을 점령해야 한다.

저탄소? LNG는 석탄보다 훨씬 더, 석유보다 조금 더 저탄소다. 그런데 비싸다. 지진에는 석탄발전이나 석유발전보다 훨씬 취약하다. 친환경도 아니고 신재생도 아니다.

그러면 뭐가 남나? 대용량, 저탄소, 친환경, 이 3가지 조건을 다 만족시키는 것이 있나? 남은 것은 단 하나, 원자력발전이다. 핵발전이다. 한국 산자부 장관의 그날 그 장기적 대책에서 '저탄소 친환경'은 물론 태양과 바람의 힘을 더 많이, 더 적극적으로 활용하겠다는 뜻을 담았을 테지만, 당연히 원자력발전소를 계속 가동하고 계획대로 더 건설하겠다는 뜻도 담았을 것이다.

설비의 발전도 모르는 환경기준치

충남 서해안 일대에 가동 중인 화력발전소는 모두 26기다. 한국 화력발전시설의 47.2%나 차지한다. 세계 최고 수준의 화력발전 밀집지역이다. 원자력발전소 밀집지역의 직접적 영향권 안에 있는 부산, 울산, 경주, 포항, 울진, 영광 시민들은 충남 서해안 시민들을 어떻게 생각하나?

설령 원자력발전의 위험성에 대해서는 큰 지진을 겪기 전에는 너도나도 '설마'에 의존했다 치더라도, 지난 세월 내내 역대 한국정부는 '석탄화력발전소의 오염물질 배출기준 설정과 관리'에 대해서 너무 소홀했다. 나, 석탄이 보기에는 한심할 만큼 무심했다는 말이 더 어울리겠다. 석탄발전의 설비와 기술이 발전하는 속도를 석탄발전의 환경기준치 설정과 시행에 적용하지 않았다는 것이다. 이랬으니 요새 와서 겨우 영흥석탄화력발전소 5, 6호기나 자랑해대고 있는 것이다.

그날 그 자리에서 산자부 장관은 '특히 충남'을 콕 찍었다. 부디 그 말이 실현되기를!

특히 석탄발전이 밀집한 충남에서는 다른 지역보다 더 낮은 대기 중 오염물질 목표를 마련해 환경설비를 보강한다.

산자부 장관의 약속을 같은날 안희정 충남 지사가 5대 제안으로 더 구체화했다.

　모든 화력발전소 오염 저감장치의 영흥화력 수준화, 노후
석탄화력 폐기 수명 기준을 가동 30년으로 단축, 석탄화력
증설 중단, 공정한 전력요금체제 도입, 국회와 지자체와 중
앙정부가 함께하는 협의체 구성.

　충남 지사의 5대 제안 가운데 나, 석탄의 관심을 끄는 것
은 '영흥화력'과 '석탄화력 증설 중단'이다.
　영흥석탄화력? 한국에선 최고 수준이다. 그러나 앞서 말
했다시피, 세계 최고는 아니다. 요코하마 이소코석탄화력
발전에는 못 미친다. 그런데 왜 자꾸 영흥화력에 매달리
나? 더 진화한 발전소, 더 진화한 설비와 기술, 삭스와 녹스
의 제로 베이스 접근, 먼지의 제로 베이스, 이산화탄소 완
전 포집, 이런 소식은 아예 곧이곧대로 듣지 않기로 작정을
했나? 너무 쉽게 '석탄발전 증설 중단'을 들이댄다. 그것이
충남 서해안에는 이제부터 더 늘리지 말라는 뜻이라면 전
혀 이의가 없다. 거기엔 이미 석탄발전이 밀집해 있으니까.
그러나 한국이 앞으로 석탄발전 증설을 중단하자는 뜻이라
면, 이건 따져볼 거리가 남는다.

미국엔 셰일가스 많잖아?

그날 충남 지사는 "미국이 지난해까지 석탄화력 655기를 폐기했고, 추가로 619기를 폐쇄할 계획이다. 파리협약에 가입한 만큼 우리도 장차 석탄화력을 없애야 한다."고 밝힌 뒤, 이를 실행할 방안의 하나로서 "사회적 비용이 감안된 공정한 전기요금제로의 개편과 그 도입"을 주장했다.

미국이 석탄발전 655기를 폐쇄했다? 다행한 일이다.

"미국은 2030년까지 발전분야의 이산화탄소 배출을 2005년 대비 32% 감축하고 현재 가동 중인 약 1000기의 노후 석탄발전소를 2040년까지 모두 폐쇄할 방침이다. 미국 내 석탄발전소는 2002년 633곳에서 2012년 557곳으로 점차 줄어들고 있다." 전의찬 세종대 교수가 「대기환경 개선과 온실가스 감축을 고려한 화력발전 대안」(대한전기협회, 2016. 7. 5.)에서 알려준 정보다.

어쨌든 좋은 뉴스다. 미국이 이산화탄소 배출 저감의 행동에 나선 것은 확실한 모양이다. 생각해보라. 1977년 12월 제3차 기후변화협약 당사국 총회에서 교토의정서를 두 손으로 밀어냈던 모습과 비교하면 격세지감 아닌가?

그러나 미국의 급변에는 '셰일가스 개발과 소비'라는 국가

에너지정책의 전환도 작용했다는 점을 고려해야 한다. 저비용, 저탄소, 친환경, 경기활성화, 국부창출 등 여러 마리 토끼들을 한꺼번에 잡게 되는 그 정책을 누가 마다하겠나.

불행한 사실이지만, 한국은 천연가스도 돌덩이석유도 나지 않는다. 그래서 한국에서 석탄발전을 없애자는 주장은 원자력발전에 매달리자는 주장으로 오해 받기가 딱 좋다.

"원전이라니? 핵발전소라니? 나는 태양과 바람에 매달리자는 거지."

이렇게 가슴을 열어젖히며 억울하다고 호소할 환경운동가들이 한국에도 수두룩하다는 사실을, 나, 석탄이 모르는 바 아니다. 그래도 염려를 놓지는 못한다. 태양과 바람의 태생적이고 치명적인 단점과 한계에 대하여 자세히 들이댈 때는 어떻게 방어하나?

사회적 비용으로 '하얀 석탄'에 집중해야

사회적 비용이 감안된 공정한 전기요금제? 아, 이 말은 석탄발전의 사회적 비용을 전기요금에 집어넣자는 뜻이다. 물론 그것은 미세먼지의 건강비용, 온실가스의 환경비용이다. 그 비용을 추정하고 산정해서 전기요금에 집어넣으면 현재 기준으로 석탄발전보다 두 배쯤 더 비싼 태양광 같은 전기요금에도 경쟁력이 생긴다는 거다. 틀린 주장은 아니다. 다만, 관점을 달리할 필요는 있다.

〈2015 한국전력 통계〉에는 한전이 2015년 발전사업자들로부터 구매한 전력 단가가 나와 있다. 1Kwh당 구매단가는 원자력 62.61원, 유연탄('석탄'이라 치자) 71.41원, 액화천연가스(LNG) 169.49원, 풍력 105.99원, 태양광에너지 153.84원이다. LNG가 가장 비싸다. 원자력발전 다음으로 석탄발전이 싸다. 석탄은 태양의 절반에도 못 미친다.

좋다. 나, 석탄은 '킬링 코올'이라니까 나를 태워서 얻는 전력생산비에다 '나를 태우는 사회적 비용'을 다 보태서 석탄발전의 전기요금을 두 배로 올리고 싶으면 올려도 좋다. 이럴 경우에 원전은? 사회적 비용이 석탄발전에 비해 헤아릴 수 없이 막대한 원전에서 얻은 전력에 대한 소비요금은 얼마나 더 올리나? 원전의 사회적 비용이 뭐냐고? 중저준위방사성폐기물 처리장 건설과 관리, 핵폐기물(고준위방사성폐기물) 처리와 관리, 수명이 다한 원자력발전소 자체에 대한 처리와 관리, 돌발 사고에 대한 일상생활의 불안심리, 이들 네 가지에 들어가는 사회적 비용만 말해도 되겠다.

여기서 온실가스(이산화탄소, 메탄, 아산화질소, 수소불화탄소, 과불화탄소, 육불화황) 중에 80%나 차지하여 '온실가스'의 대명사로 불리는 이산화탄소(CO_2) 문제는 조금 뒤에 따지기로 하고.

나, 석탄이 말하는 '관점을 달리 한다'는 것은 뭐냐? 사회적 비용을 전기요금에 집어넣을 생각에 골몰하지 말라는 것이다. 그 계산에서 벗어나서 이제부터는 어떡하면 '하얀 석탄'을 만들 수 있나? 사회적 비용의 개념을 '하얀 석탄'의 개념으로 대체하고 그 과제에 대해 골몰해 보라는 것이다. '하얀 석탄'을 위한 설비 발전이, '하얀 석탄'을 위한 기술 발전이 어디까지 와 있고, 그것을 석탄발전에 적용하려면 기존보다 얼마나 더 들고 얼마나 더 시간이 필요한가에 대해 입시 공부하듯 골몰해 보라는 것이다. '하얀 석탄', 너는 어디까지 왔나? 장관과 지사, 당신들이 어렸을 때 친구의 등 뒤에 정수리를 대고 눈을 감고 걸어가면서 "어디까지 왔나?"라고 묻던 것처럼, 그렇게 즐거운 마음으로, 동네에 다 와 간다는 희망을 되살린 그 마음으로 '하얀 석탄'이 어디까지 왔나를 자주 캐물어 보라는 것이다. 이것이 한국 에너지정책을 '더 안전하게 더 멀리' 이끌어 나가는 길이다.

먼지와 미세먼지 배출을 제로에 가깝게 잡아내는 설비와 기술을 갖춘 석탄발전이 있고, 그 기술력이 나날이 친환경적으로 상승하고 있는데, 한국 정부는 석탄발전을 모조리 폐쇄하겠다고? 장관이나 지사가 고작 '영흥화력 수준으로'를 타령하면서? 영흥화력 5, 6호기 수준은 한국의 다른 51기와 비교할 때 박수 받을 자격을 갖추었다. 그러나 한국의 석탄발전이 그 수준에 계속 매달릴 생각이라면 '석탄발전 증설 중단과 완전 폐쇄의 2052년 또는 2062년'으로 가는 것이 합당하다. 영흥석탄발전이 '하얀 석탄'의 이름에는 한참이나 못 미치기 때문이다. 아, 물론, 석탄발전 폐쇄의 큼직한 공백을 친환경 신재생의 태양과 바람이 절반쯤은 메워줄 수 있도록 투자할 것이라고 큰소리를 치는 가운데, 차마 큰소리로는 말을 못해도 그 공백의 나머지 절반쯤은 '언제든 어느 경우든 안전을 보장하는 원자력발전들'이 완벽하게 메워준다고 하겠지.

파리기후협약과 한국 석탄발전들

CO_2, 이산화탄소는 온실가스의 대명사다. 이산화탄소가

인간의 불편한 주목을 끄는 이유는 명백하다. 지구온난화의 주범이라는 것이다. 북극의 빙하가 녹고, 해수면이 높아지고, 이상기후가 덮치고……. 이게 다 간단히 이산화탄소 탓이란다. 시나브로 한국이 아열대기후로 변해가고 있다. 이것도 이산화탄소 탓이라 알려져 있다. 배운 사람, 안 배운 사람, 남녀노소, 지상의 정신 박힌 이들은 지구온난화의 주범이 이산화탄소라고 믿는다. 온실가스 무리에 드는 기타 등등의 이름을 앞에서 얼핏 불러봤지만, 그것들은 명함을 내밀 것도 없는 우수마바리 종범에 불과하고, 확실한 주범이 이산화탄소란다. 어느덧 그것이 범인류의, 인류사회의 상식이다.

그래서 인간들은 국제연합(유엔)을 활용하고 있다. 시리아 내전에서 잘 보여주고 있다시피, 그런 처절한 내전 하나도 못 말리는 유엔이 용케도 기후변화협약에 대해 195개 당사국들의 서명을 받아냈다. 2015년 12월 12일, 프랑스 파리, 제21차 유엔기후변화당사국총회. 한국인 유엔 사무총장이 어쩌면 인류와 지구의 미래를 위한 자신의 최대 공적이라 자칭할 가능성이 높은 기후변화협약이 채택되었다.

한국은 2030년까지 온실가스 배출량을 전망치 대비 37%를 줄이기로 했다. 속으로 들어가면 한참 낮아진다. 감축 잠재력과 비용을 고려해서 국내에서는 25.7%만 감축하고 국제시장메커니즘(즉, 온실가스 사고팔기)을 통해서 11.3%를 더 감축하겠다는 것. 한 발 더 속으로 들어가면 '석탄발전'은 '하얀 석탄'이 되어야 한다. '하얀 석탄'이 되지 않으면 견딜 수 없다. 한국정부가 준비하겠다는 온실가스 배출저감의 로드맵을 보면, 산업분야는 경쟁력을 고려해서 배출 전망치에 비해 12%만 감축하고, 발전 수송 건물 등 다른 분야에서 평균 이상의 감축목표를 달성한다고 돼있다.

수송, 이건 주로 자동차다. 경유를 때는 선박도 주목할 대상이다. 건물, 이건 주로 냉난방 아니겠나. 두고 볼 노릇이다. 2016년 여름처럼 온 나라 온 국민이 더워죽겠다고 아우성을 쳐대면, 에어컨을 끌 수 있으려나. 발전, 이건 물론 석탄발전이다. 같은 화력발전에서도 가스화력발전은 화력부문 이산화탄소 총배출량의 20% 수준이고, 중유(석유)발전은 발전 비중이 너무 낮아서 발전부문 이산화탄소 배출량 통계에서 무시해도 그만이다. 동일한 단위전력 생산량에서 온실가스 배출이 가스발전의 두 배나 되는 석탄발전, 나, 석탄이 이산화탄소 배출량 줄이기의 표적이 될 수밖에 없다.

한국은 이산화탄소 배출량도 세계 10위 이내

1990년부터 2013년까지, 한국의 발전량 성장률(증가율)은 어느 정도였나? 그 기간에 잘 나간다는 OECD 회원국의 평균 증가율이 41.5%였다. 한국은? 410.5%. 무려 10배에 가까웠다. 근년의 증가율 1.5%에 견줘보면 거짓말 같기도 하다. 그 기간에 한국은 경제의 몸집이 크게 불어났다. 산업구조도 석유화학, 철강 같은 에너지 다소비 제조업의 비중이 상대적으로 높았다.

한국의 발전량 증가율은 필연적으로 이산화탄소 배출량 증가율과 비례했다. 석탄발전도 늘어나고 공장도 그만큼 늘어났다는 말이다. 2004년 유엔개발계획(UNDP)이 발표한 전세계 이산화탄소 배출량과 2009년의 그것을 살펴보면 대뜸 확인할 수 있다.

2004년 전세계의 이산화탄소 배출량은 1990년에 비할 때 28% 늘어난 289억8천300만 톤이었다. 1위 미국(60억4천600만 톤), 2위 중국(50억700만 톤), 3위 러시아(15억2천400만 톤), 4위 인도(13억4천200만 톤), 5위 일본(12억5천700만 톤), 한국은? 그 앞에는 10위 안에 이름을 올린 적 없었던 한국은 4억6천500만 톤을 배출하여 9위를 차지했다. 이 증가율은 97%로, 증가율 2배를 기록한 중국의 뒤를 이었다. 한국인 1인당 이산화탄소 배출량은 9.7톤으로 계상되었다. 좋게 보면, 그 기간에 한국은 세계 10위권 경제대국으로 도약하느라 에너지도 많이 쓰고 공장도 많이 지어서 이산화탄소 배출량도 그만큼 급증한 것이었다고 말할 수 있다. 이 자랑스러움은 이제 책임감으로 돌아오고 있다. 피할 수도 없거니와 피하려 해서도 안 되는 것이고.

2009년 통계는? 미국과 유럽은 배출량이 줄어들었다. 리먼브러더스 사태다, 금융위기다, 온 세계를 시끄럽고 겁나게 만드느라 그들 스스로 경제가 쪼그라들어서 본의 아니게 이산화탄소 배출량이 줄어드는 '희소식'을 낳았다. 2위로 밀려난 미국은 석탄발전을 줄인 효과도 좀 보태져서 배출량은 58억3천313만 톤. 그때도 고도성장을 구가한 중국은 달랐다. 1위에 등극하면서 13.3%나 증가한 77억1천50만 톤이었다. 단지 인구가 너무 많아서 1인당 배출량은 5.83톤이었다(1위 미국은 1인당 14.19톤, 5위 일본은 8.64톤). 한국은? 한국도 경기침체에 시달리고 '저성장 고착'이란 말이 한국경제의 중병(重病)을 진단한 병명으로 퍼졌지만 그래도 1.3% 늘어나서 한 단계 더 올라선 8위를 차지하며 5억2천813만 톤을 배출했다. 1인당 배출량은 적은 인구 탓이겠으나 일본보다 많은 10.89톤이었다.

참고로 2009년 통계에서 6위 독일은 7억6천556만 톤, 7위 캐나다 5억970만 톤, 10위 영국 5억1천994만 톤, 14위 브라질 4억2천16만 톤, 16위 인도네시아 4억1천329만 톤, 17위 이탈리아 4억787만 톤, 18위 프랑스 4억2천854만 톤, 19위 스페인 3억6천13만 톤, 20위 타이완 2억9천88만 톤이었다. 영국, 프랑스, 이탈리아, 스페인은 한국보다 GDP(국내총생산)가 더 높다. 그런데 이산화탄소 배출량은 그들보다 한국이 더 많다. 한국에 비해 인구도 훨씬 더 많고 땅덩어리도 훨씬 더 넓고 각종 자원도 훨씬 더 풍부한 인도네시아, 브라질은 한국보다 이산화탄소 배출량이 적다. 근년에 한국은 7위로 한 단계 더 올랐다는 통계도 나와 있다. 이것이 한국 이산화탄소 배출량의 실상이다.

중국의 탄소저감 노력과 시멘트 생산

세계 최대 석탄 소비국인 중국이 이산화탄소 배출 저감을 위해 체면치레는 하고 있다. 2013년 국무원은, 대기오염방지자동계획(대기십조)을 바탕으로 석탄소비증가를 억제하고 재생가능에너지 개발에 적극 나서겠다고 했다. 괜찮아 보이는 실적도 냈다. 세계재생에너지정책네트워크(REN21)의 2015년 실적 집계를 보면, 중국이 전체 투자 규모로 비교할 때 태양광발전 설비용량, 풍력발전 설비용량, 전체 재생에너지 설비용량 등 4개 부문의 4관왕에 오른 것으로 나타났다. 칭찬할 일이다.

그러나 중국의 이산화탄소 배출량을 말할 때 결코 빼먹어선 안 되는 것이 있다. 바로 시멘트 생산이다. 시멘트에서 제일 높은 비중을 차지하는 원료인 CaO(산화칼슘, 생석회)는 기본적으로 석회암($CaCO_3$, 칼슘카보네이트)에서 이산화탄소(CO_2)를 제거해 얻어낸다. 이 과정에서 얼마나 많은 이산화탄소가 배출되겠나. 그뿐 아니다. CaO를 얻어내기 위해 높은 온도로 가열을 해야 하니, 거기서는 또 석탄을 얼마나 태우겠나. 간추려 말해서, 시멘트 1톤을 만드는 데는 평균적으로 900kg 정도의 이산화탄소가 발생한다. 칼슘카보네이트에서 이산화탄소를 제거하는 화학적 과정에 발생하는 것, 연료를 태우는 과정에 발생하는 것, 둘을 합친 양이다. 2010년 세계 시멘트 생산량에서 중국이 무려 52%를 차지했다.

그래서 중국의 이산화탄소 배출량 문제를 논의하는 자리

에서 중국의 시멘트 생산량을 덮어둔 채로 중국의 태양광 발전 설비나 풍력발전 설비가 어느 정도 늘어났나를 자랑하는 것은 별난 의미가 없다고 봐야 한다. 오염된 연못에 수돗물 여남은 양동이를 붓는 격이라고나 할까.

석탄발전 없애려는 핀란드엔 원전이 있다

나, 석탄이 짐작해 보건대, 아마도 많은 한국인들은 핀란드라고 하면 선뜻 '노키아'라는 기업부터 떠올릴 것이다. 아마도 많은 핀란드인들은 코리아라고 하면 선뜻 '삼성'부터 떠올릴 것이다. 속사정은 모르겠으나 한국 대표기업 삼성이 핀란드 대표기업이었던 노키아를 역사 속으로 사라지게 만드는 데 크게 영향을 미쳤다고 알려져 있기 때문이다.

강대국 러시아와 스웨덴 사이에 조그만 샌드위치처럼 낀 핀란드. 1155년 스웨덴에 병합되었고 1809년 새로 러시아에 편입되었다가 볼셰비키 러시아혁명이 일어난 1917년 마침내 독립에 성공한 핀란드. 국토 면적은 한국의 3배(한반도의 1,5배)지만 인구는 겨우 500만 명으로, 한국의 10분의1 수준이다.

북유럽 국가들─특히 스웨덴 노르웨이 핀란드, 이들 나라는 한국인에게 어떤 이미지로 새겨져 있나?

"깨끗하고, 공기 좋고, 숲이 우거지고, 부유하고, 복지체계가 잘돼 있고, 그래서 살기 좋은 사회다."

나, 석탄이 듣기에도 틀린 대답이 아니다. 그 살기 좋다는 핀란드가 '더 살기 좋은 사회'로 만들기 위하여 '석탄발전을 폐쇄할 것'이라는 뉴스를 내놨다. 2016년 11월 8일 연합뉴스 보도를 참조해 보자.

11월 3일 핀란드 경제장관 올리 렌이 핀란드 최대 일간지 헬싱긴 사노마토(Helsingin Sanomat)와 인터뷰에서 "현재 정부가 준비 중인 에너지 및 기후 관련 국가전략에서 석탄 이용을 금지하는 것을 고려하고 있다."고 밝혔다.

올리 렌 장관의 발언은 한마디로 파리기후협약을 실천하려는 핀란드 정부의 행동강령에 '석탄화력발전소 폐쇄'를 포함시키겠다는 것이었다. 핀란드에도 석탄발전들이 있다. 그들이 발끈했다.

핀란드의 대표적 전력회사인 '핀란드에너지(ET)' 고위 관계자는 "석탄 사용을 법률로 금하는 것은 어불성설"이라면서 "그러한 노력은 전력생산업체들에게 실질적인 보상을 하지 않으면 성공할 수 없을 것이다. 중앙정부가 그렇게 무모하게 예산을 사용할 수도 없을 것이다."라고 말했다.

ET 고위관계자의 볼멘소리가 얼른 듣기엔 정부 정책에 대들겠다는 말 같은데, 자세히 새겨들으면 그런 것 같지 않다. 솔직히 '돈 타령'에 불과해 보인다.

"석탄발전을 없애려면 없애라. 단 하나, 우리에게 충분한 보상을 해라. 노키아가 대추일만 하게 쪼그라든 뒤로는 정부 살림살이가 넉넉한 것도 아닐 텐데, 우리를 충분히 보상할 만한 예산이 있느냐?"

이런 주장을 점잖게 둘러댄 것에 지나지 않는 듯하다.

핀란드가 석탄발전을 없애겠다? 나, 석탄은 잘된 일이라고 생각한다. 어느 한 귀퉁이의 우리 족속이나마 평안히 쉴 수 있게 된다니, 내 어찌 축하하지 않겠나.

핀란드, 이 나라는 석탄발전을 없애도 현재 석탄발전을 돌리는 사업가들이나 골머리 띵해질 나라다. 인구 500만 명과 그들의 경제가 소비하는 총 전력 중에서 석탄화력발전이 차지하는 비중이 겨우 8%이기 때문이다. 핀란드에는 원자력발전소가 있다. 4기가 가동 중이고 5, 6, 7호기를 건설하고 있다.

2010년 핀란드는 원전 추가 건설과 함께 풍차 터빈 900개를 신설하고 목재 바이오디젤발전소도 건설한다고 발표했다. 그때도 핀란드는 청정에너지에 관심이 높았다. 핵폐기물처리장도 갖고 있는 핀란드는 '하얀 석탄'에는 아무런 관심이 없었다. 청정에너지의 주력이 원자력발전소라고 생각했다. 바이오디젤발전이나 풍력 같은 신재생에너지로 석탄발전의 빈자리를 메우면 된다고 생각했다.

핀란드는 지진이 없어서 좋겠다. 지진이 없으니까 러시아의 '체르노빌 원전사고' 같은 대재앙 따위는 절대로 핀란드에서는 일어날 수 없다고 확신하는 모양이다. 실제로 핀란드의 핵기폐물 처리 및 저장기술, 원자력발전소 안전 기술은 세계 최고 수준으로 알려져 있다. 그래서 2012년 5월 25일 한국은 핀란드 수도 헬싱키에서 두 나라 사이의 '원자력협력협정' 문안에 합의하기도 했다. 원전을 가동하고 원전을 건설하는 두 나라가 서로 도움이 되고 서로 배울 게 있으니까 그런 협정안을 만들었을 테지.

핀란드 정부의 석탄발전 폐쇄 예고, 이 뉴스에 대한 나, 석탄의 소감 말인가? 최소한 나이를 수만 년씩이나 먹었으니 성가시긴 하지만 애써 마이크를 외면하진 않겠다.

"우리 석탄 족속에게는 좋은 뉴스다. 우리 족속의 극히 일부라도 다시 지하에서 평안히 쉬게 된다니 좋은 일 아닌가. 또한 우리 족속이 완전 멸족되지 않을 수 있는 샛길이 하나 더 생긴다는 거니까 이 역시 좋은 일이다. 그러나 한국인들에게는 두 가지 질문을 던져야겠다. 한국도 지진 없는 핀란드처럼 석탄발전을 버리는 대신에 원자력발전을 계속 돌리고 계속 늘려가야 하나? 한국에서 태양광발전, 해상풍력발전을 얼마나 늘려야 석탄발전도 버리고 원자력발전도 다 버릴 수 있겠나?"

'하얀 석탄' 아니면 석탄발전 버려라

한국은 어째야 하나. 어쨌든 독일에 이어서 핀란드가 석탄발전을 없앤다며 환경의 최우수 모범생 마냥 우쭐거리고 중국이 재생에너지 확대 정책을 행동의 통계수치로 보여주는 마당에 한국은 어쩌나?

2030년까지 전망치 대비 37%를 줄이겠노라고 세계만방에 공표할 수밖에 없었던 한국의 대책은? 인간의 도리, 지구에 대한 인간의 예의, 뭐 이런 거창한 정의는 덮어두더라도, 이것저것 다 떠나서 짚어보더라도, 세계만방을 상대로 장사를 해야 하는 한국의 처지에, 너희는 지구온난화에 대한 책임의식도 없는 민족이다, 국가다, 이런 손가락질을 받을 수야 없지 않나?

나, 석탄은 한국인, 한국사회, 한국 정부에게 말한다. 나를 나의 어버이인 지구까지 죽이려 드는 '킬링 코올'로 만들지 말라는 거다. '하얀 석탄'으로 불리게 해주지 못할 바에는, 내 이름을 '하얀 석탄'이라 부르지 못할 바에는 하루빨리 나를 미련 없이 팽개쳐 버리라는 거다. 하루빨리 석탄발전을 폐쇄해 달라는 거다. 제발 부탁이다. 영흥화력발전, 이런 수준으로 사탕발림 하면서 더 이상 나를 놀려먹지도 말고 함께 살아가는 사람들을 골려먹지도 말라는 거다.

석탄발전, 가스발전, 석유발전, 이런 화력발전들이 한국에서 배출하는 이산화탄소를 연간 2억4천만 톤 내지 2억5천만 톤으로 잡는다. 여기서 석탄발전이 거의 80%를 차지한다. 그러니까 1억9천200만 톤에서 2억 톤 정도의 이산화탄소를 나, 석탄발전이 배출한다는 계산이 나온다. 나, 석탄으로서야 확 낮춰서 제시해보고 싶지만, 전기 장사꾼들도 장사는 장사니까 설비와 기술 투자를 아끼려 설칠 테니, 우선 파리기후협약에 맞춰서 2030년까지 37%를 낮춘다고 생각해 보자. 현재 기준으로는 배출량을 7천100톤만 내지 7천400만 톤쯤 줄일 수 있어야 한다. 나, 석탄으로서는 이산화탄소 포집기술을 이용해 '배출 제로'를 선언할 수 있게 하라고 요구하는데, 그에 앞서 한국 석탄발전들이 요코하마 이소코발전소 수준만 되어도 이산화탄소 배출량 시비에서 한참 비켜날 수 있다. 거기는 이미 다른 석탄발전에 비해 20% 정도 이산화탄소 배출량을 줄이고 있다. 이게 어느 정도냐? 만약 미국, 중국, 인도의 모든 석탄발전들이 이소코석탄발전에 맞추기만 해도 연간 15억 톤의 이산화탄소 배출을 줄이게 된다. 이것은 세계 5위 이산화탄소 배출국인 일본의 한 해 총배출량보다 많다.

석탄발전이 이산화탄소 배출 시비를 벗어나는 날은 반드시 온다. 허황한 소리? 나, 석탄을 너무 미워하는 사람들의 귀에는 그리 들리게 돼 있다. 누가 뭐라고 해도 헛소리는 그만 집어치우라고 할 거다. 원자력발전을 지지하는 학자들이 "원전은 안전하고 깨끗한 에너지"라고 주장하면 "당장 집어치우고 서울의 안전하고 깨끗한 캠퍼스에 박혀 앉아 헛소리 그만 지껄이고 당신네 집이나 원전 옆으로 이사하라."고 버럭버럭 고함을 지르듯이 꼭 그렇게……

2016년 가을의 '죽일 놈'과 '무시무시한 놈'

미세먼지의 주범, 지구온난화의 주범, 이 '킬링 코올'의 운명이나 잠재적인 핵폭탄 취급을 받고 있는 원자력발전의 운명이나 현재 처지로는 동병상련이라 불릴 만한 데가 있다. 인간들이 자랑하고 뻐기는 '빌딩 숲'의 대도시라는 게, 한국에서 어깨에 힘 넣는 사람들이 특별히 오글오글 모여 서로 뜯어먹으며 살아가고 있다는 '서울 강남'이라는 게, 그거 뭐 대단해 보이지만 전기만 딱 끊어버리면 삽시간에 지옥으로 떨어지지 않나. 이게 전기, 전력의 실체다. 인간의 도시란 전기, 상수도, 하수도를 잘라버리면 아비규환이 된다고 갈파한 머리도 있었지만, 굳이 뭐 수고스럽게 상하수도까지 끊어야 하나. 전기만 싹둑 잘라버리면 그대로 지옥으로 미끄러질 수밖에 없을 텐데.

2016년 가을, 그 찬란한 계절에 한국의 서울과 수도권 시민들에겐 석탄발전이 '죽일 놈' 취급을 당하고 있었고, 지진에 너무 놀란 나머지 트라우마에 시달리느라 요새도 침대만 조금 흔들려도 '지진인가' 하고 가슴을 쓸어내리는 경주 울산 부산 포항 시민들에겐 원자력발전이 '무시무시한 놈' 취급을 당하고 있었다. 앞으로도 그럴 것이다.

그러나 아니다. 나, 석탄은 원자력과 근본이 다르다. 원자력이라 하든 핵이라 하든 우라늄이란 발전 재료가 땅속에 있긴 하지만, 우라늄은 나처럼 아득한 옛날에 존재했던 지구의 생명체들을 응집하고 융합한 비밀의 덩어리가 아니라는 것이다. 또 있다. 석탄발전은 '죽일 놈' 취급을 당하긴 해도 '무시무시한 놈' 취급은 당하지 않는다. 죽일 놈, 이 말은 인간들이 석탄발전을 만만하게 똘마니쯤으로 생각한다는 뜻도 담고 있다. 무시무시한 놈, 이 말은 원자력발전을 아주 두려운 괴물쯤으로 생각한다는 뜻도 담고 있다. 나, 석탄, 최소한 나이를 수만 년은 먹었는데 겨우 일백 년을 못 살고 가는 인간들에게 '똘마니' 취급을 당하자니 참으로 어처구니없는 노릇이지만, 그래도 '무시무시한 놈'은 아닌 것으로 자위를 해보겠다.

지금 여기서, 나, 석탄은, 석탄발전을 위해, 인간들을 위해, 앞으로도 내가 끊임없이 줄기차게 재로 변하기 위해 성명을 발표하고 싶다. 당장 오늘 저녁 9시도 좋다. 뉴스데스크에 나가 앵커를 잠시 옆으로 밀어내고 성명을 발표하겠다.

길지는 않다.

석탄의 성명서

서울시민 여러분, 수도권 시민 여러분.

나, 석탄, 석탄발전을 죽이고 싶으세요? 그러면 집집마다 빌딩마다 시커먼 '태양광 발전' 패널을 부착하세요. 어서 빨리요. 돈도 미관도 따지지 마세요. 돈도 미관도 생명의 다음 문제 아닌가요?

나, 석탄, 인간들로부터 '더티 에너지', 아니 '킬링 코올'이란 손가락질까지 받아가면서, '죽일 놈'이란 혐구의 대상이 되면서까지 인간을 위해 몸을 불태우고 싶진 않아요.

저기, 뭐라고요? 온 도시가 시커먼 패널을 뒤집어쓰고 있으면 그걸 쳐다보는 것만으로도 질식하게 될 것 같다고요? 그런 도시에선 숨이 막혀서 살아갈 수 없을 것 같다고요?

그러세요? 이해합니다. 그러면 나, 석탄을 '하얀 석탄'이라 부르게 만드세요.

그럴 방법이 있느냐고요? 에이, 왜 이러세요? 달나라에도 다녀온 것이 언젠데 인간들이 나, 석탄 하나를 '하얀 석탄'으로 못 만들 것 같으세요? 이거요, 일본, 유럽, 미국이 다 연구하고 개발하고 있어요. 장사치들과 손발 맞추고 국가 에너지수급의 '연차적' 계획에 손발 맞추느라 '하얀 석탄'

이 스마트폰 같은 존재가 못 되고 있을 뿐이지요.

한국은 어떠냐고요? 당신네의 북한은 핵폭탄 터뜨리고 미사일 쏘아대도 '하얀 석탄'에는 관심도 없고요, 핵폭탄도 안 만들고 아직 인공위성도 제대로 못 만드는 한국요? 에이, 걱정 마세요. '하얀 석탄'을 위한 연구와 개발은 이미 상당한 성과를 거두었어요.

저기, 뭐라고요? 아, 네, 그 말이군요. 그러니까 크게 외치세요.

외치다가 목이 잠길 수도 있으니 그때가 되면 촛불을 들고 나오세요. 촛불요? 화학물질 파라핀을 태우니 대기오염을 좀 시키긴 하겠지요. 그래도 촛불은 사랑하자, 생명 살리자, 이럴 때 켜고 나서는 거잖아요? 그래서 유럽 사람들은 옛날부터 성모마리아 앞에서 촛불을 들었잖아요? 밤낮 피비린내 칼질을 해댔지만.

촛불을 들고, 이때는 속삭이세요. 소리치지는 말고 속삭이세요. 생명사랑의 일이잖아요? 어떻게요? 세금을 조금 더 거두든 한전의 넘쳐나는 수익금과 잉여금을 투자하게 하든, 그게 모자라면 전기요금을 더 올리든, 하루빨리 '하얀 석탄'의 전력 생산을 앞당기자고 하세요.

한국의 '하얀 석탄'? 믿어 보세요.

'하얀 석탄'을 위한 연구들

나, 석탄이 발표 기회를 못 얻은 그 성명이 진실한 거냐? 많은 자료들은 피곤하게 만드니까, 스마트폰 손바닥만 넘쳐도 길다고 짜증들이니까, 내 이야기도 길어진다고 툴툴거릴 테니까, 한두 가지 사례만.

전력연구원이란 곳이 있다. 여기 연구원들이 지난 2004년부터 십여 년 동안 날마다 머리를 짜냈던 〈화력발전분야 미세먼지 저감 연구개발 현황〉의 연구과제 제목만 보자. 그들의 연구는 워낙 전문기술적인 거니까 그림을 보여주고 논문을 보여주고 데이터를 보여줘 봤자, 일반 시민은 나, 석탄처럼 눈만 피곤해질 것이다.

배연탈황탈질기술개발

배연탈황공정최적화연구

배연탈질촉매 및 설비 실증화 연구

연소 후 습식 CO_2포집기술개발

연소 후 건식 CO_2포집기술개발

CO_2포집기술상용패키지개발

나, 석탄에 관심 없는 이들에겐 좀 띵할 제목들인데, 석탄발전의 미세먼지로 찍힌 이산화황, 이산화질소를 굴뚝 밖으로 못 나가게 빼돌려서 처리하는 기술, 석탄발전의 지구온난화 주범으로 찍힌 이산화탄소를 굴뚝 밖으로 못 나가게 따로 빼돌려서 처리하는 기술을 개발한다는 것이다. 그게 그렇게 됐느냐고? 탈황 탈질은 이미 현장에서 실증이 되었고, 이산화탄소도 습식이든 건식이든 90% 이상 포집공정을 개발했다.

석탄발전의 이산화탄소를 따로 포집한다

이번에는 신문에 당당히 자기 얼굴과 이름을 내놓은 박사의 목소리다. 중앙SUNDAY 홈페이지에 들어가면(2016년 9월 11일 입력) 나, 석탄이 주목하고 경청했던 인터뷰와 만날 수 있다.

2015년 5월 20일 사회적으로 크게 주목을 받진 못했지만, 나, 석탄이 보기엔 매우 귀중한 연구단 하나가 한국사회에 간판을 내걸었다. 한국에너지기술연구원이 주관하고 국가과학기술연구회가 지원한 FEP융합연구단이 그 주인공이다. Future Energy Plant, 말 그대로 미래 에너지를 책임질 플랜트를 연구하고 개발하겠다는 것. 이 연구단에는 한국에너지기술연구원, 한국기계연구원, 한국표준기술연구원, 한국생산기술연구원, 서강대학교, 현대엔지니어링 등 산·학·연 13개 기관이 말 그대로 '융합적'으로 참여하고 있다. 미래에너지를 어떻게 책임지나? 그들이 뭉쳐서 도전하는 목표를 보면 짐작할 수 있다.

석탄화력발전에서 배출하는 온실가스와 미세먼지를 최소화하고 이산화탄소를 원천분리하고 발전 효율을 향상시키는 기술을 개발하겠다.

목표기술의 상용화(석탄발전에 적절한 가격으로 문제없이 적용시키는 것)에 성공하면 기존의 늙고 낡은 석탄발전소를 대체하거나 새로 건설하는 석탄발전소를 '하얀 발전소'로 만들 수 있다. 선진국들과 '하얀 석탄발전' 플랜트 수출경쟁에서 어깨를 겨누게 되는 것은 덤으로 따라붙는 '나라의 돈벌이' 수단이다.

FEP융합연구단을 이끌고 있는, 석탄화력발전과 기후변화대응기술 전문가, 이재구 단장. 그가 신문에 밝힌 말들은 이렇다.

– 지구온난화 문제가 심상치 않다.

"미 항공우주국(NASA)과 국립해양대기청(NOAA) 분석에 따르면 지난해 지구표면 온도가 1951~80년 평균보다 0.87도, 20세기 평균치보다 0.90도 높았다. 온난화 속도가 더 빨라지고 있다. 최근 11년간만 봐도 지표면 연평균 온도가 2005년, 2012년, 2014년, 2015년 각각 네 차례 최고 기록을 경신했다."

– 다른 기후 문제도 있나.

"기록적인 혹한과 폭염뿐 아니라 강수량 패턴이 변해 가뭄과 폭우가 자주 발생하고 빙하가 녹아 해수면이 상승하고 있다. 신종 전염병이 유행하고 바다 자원이 산성화 되는데다 생태계 이상으로 멸종하는 동식물도 생겼다. 모두 지구온난화 때문이다."

– 온난화 해결을 위해 각국이 바쁘다.

"우리나라를 포함해 195개 파리협정 협약국은 앞으로 5년마다 온실가스 감축 목표를 유엔에 제출하고 구체적으로 어떻게 이행할지 대책을 세워야 한다. 2023년부터는 각국이 이를 얼마나 잘 지켜왔는지 평가하고 그 결과에 따라 연간 1000억 달러 규모의 국제기금 지원을 받는다. 정부와 연구자들이 지구온난화의 주범인 이산화탄소 감축 해법을 찾고 있다."

– 이번 연구도 그 일환인가.

"현재 국내 기술력으로는 전체 전력 발전량의 70%에 육박하는 화력발전을 이른 기간 내에 안정적으로 대체할 수 있는 친환경 에너지원이 없다. 가장 중요한 건 효율을 높이면서 석탄화력발전소의 이산화탄소를 효율적으로 처리하는 것이다. (나, 석탄이 잠깐 꺼든다면, 석탄발전은 열효율이 높아지는 그만큼 석탄을 덜 태우게 되고 또 그만큼 이산화탄소나 미세먼지 배출도 줄어든다.) 지금까지 연구된 대부분의 온실가스 관련 기술이 연소 후 배출되는 이산화탄소를 처리하는 방향이었다면 우리는 공기 대신 순수한 산소를 공급해 이산화탄소를 대기 중으로 전혀 배출하지 않는다는 점에서 차별화된다."

– 구체적으로 어떤 연구를 하나.

"이산화탄소를 90% 이상 원천 분리하고 질소화합물·황산화물과 미세먼지 등 다른 대기오염 물질까지 함께 잡아내려고 한다. 동시에 고온·고압의 '초임계 발전 기술'을 이용해 발전효율까지 크게 올린다. 대규모 온실가스 발생의 주범으로만 지목되던 석탄화력발전 분야에 첨단 CCS기술을 접목했다. CCS 중 포집기술과 관련 있다.(다시 잠깐 껴들면, CCS란 Carbon Capture and Storage.)"

– 이산화탄소를 분리한 후 어떻게 처리하나.

"일부는 발전설비 내에서 다시 사용한다. 이번 연구의 핵심 기술 중 하나인 '순산소 연소' 과정에서 설비가 심하게 뜨거워지거나 비정상으로 연소하는 것을 조절하기 위해 이산화탄소를 연료와 함께 다시 넣어 순환시킨다. 재활용인 셈이다. 이 연구는 이산화탄소 포집 후의 과정을 포함하지 않지만 원천 분리된 나머지 이산화탄소는 다양한 CCS기술을 활용해 처리할 수 있다. 바다 혹은 땅속 저장소에 묻거나 건설·건축 자재 혹은 식물을 배양하는 데 이용하는 게 대표적이다."

– 향후 연구단의 계획은.

"연구단이 추구하는 '초임계·순산소·순환유동층' 연소기술은 선진국에서도 아직 개발되지 않은 부분이다. 이번 연구를 통해 국내 자체 기술을 갖게 되면 세계무대에서도 기술 우위를 선점할 수 있다. 올해 고유 기술과 시험 설비를 마련하면 내년부터 최적화된 조건을 찾아 운전할 수 있도록 연구하고 실험과 실증을 통해 체계적으로 상용화할 수 있는 기술을 완성할 계획이다."

－기술이 성공하면 어떤 효과를 기대할 수 있나.

"프로젝트가 끝나면 완성된 결과와 기술을 국내외 많은 기업과 설비로 파급 또는 이전시킬 계획이다. 이 기술을 바탕으로 2025년까지 300MW급의 고효율 발전소를 수출할 수 있는 토대를 마련하고 이후 해외에 활발하게 수출할 수 있을 것으로 기대한다. 이산화탄소를 분리하고 재활용하는 기술이 상용화되면 온실가스 감축 정책을 펼치고 있는 정부와 관련 기업의 부담도 많이 줄어들 것으로 기대한다."

노르웨이·호주·미국 등이 CCS 기술을 이끌고 있지만, 한국도 만만찮게 따라잡는 중이다. 노르웨이는 1996년 세계 최초로 이산화탄소 100만 톤을 저장했고, 현재 연간 170만 톤을 인근 해저에 묻고 있다. 영토가 넓은 알제리는 2004년부터 바다 대신 땅에 연간 170만 톤을 묻는다. 호주는 2017년부터 북서부 해양의 천연가스 시설에 연간 400만 톤의 이산화탄소를 저장할 예정이다. 미국은 2000년부터 노스다코타주 북부 공장지대에서 포집한 이산화탄소를 캐나다 유전지대로 수송해 연간 100만 톤씩 저장하고 있으며, 누적량이 총 3,000만 톤 정도이고, 현재도 에너지국(DOE)

의 재정 지원으로 대규모 CCS 프로젝트를 진행하고 있다.

영국은 2014년 신규 화력발전소의 CCS 장착을 의무화하고 북해에 연간 200만 톤의 대규모 실증 프로젝트를 추진 중이다. 미세먼지와 온실가스 최대 배출국인 중국도 나섰다. 2030년 탄소 배출량을 2005년의 60~65% 규모로 감축하고 CCS 상용화를 목표로 현재 13개 프로젝트를 추진하고 있다. 일본은 이미 저장 기술을 확보하고 해양 퇴적층에 저장할 준비를 하고 있다.

한국은 2010년 '국가 CCS 종합 추진계획'을 수립하고 국책 연구기관과 기업이 포집·저장·관리기술을 개발해 왔다. 2019년까지 총 2조3천억 원이 투입된다. 포집 기술은 해외의 80~90% 수준까지 올라왔다. 영국이 신규 석탄발전에 CCS설비 장착을 의무화했는데, 조만간 한국은 못하라는 법이 있나?

21세기 초반, 이 시대를 살아가는 인간들이 공유한 굳건한 상식 ─ '지구온난화의 주범은 석탄이다.' 이에 대해 "그게 아니오!" 하고 외치는 몹시 '성난 목소리'가 없지는 않다. 세계 도처에 제법 박혀 있다. 그들은 단호히 주장한다. "지구온난화의 주범은 온실가스가 아니다. 태양 활동이, 태양 형편이 지구온난화에 훨씬 더 밀접하고도 직접적으로 관련돼 있다. 온실가스의 지구온난화 기여율은 미미하다. 온실가스가 지구온난화의 주범이란 허구과학은 원자력발전소를 팔아먹으려는 위험한 장사치들에게 뒷주머니를 열어놓고 있었다." 그러나 범인류적인 굳건한 상식의 동맹이 소수의 성난 목소리를 '정신 나간 녀석들의 시위' 쯤으로 간단히 덮어버린다.

범인류적인 굳건한 상식의 벽에 돌멩이를, 아니, 달걀을 던지는 한 사나이가 지금 일본에 살고 있다. 그의 이름은 키모토 쿄지. 나, 석탄은 그의 성난 목소리에 귀를 기울일 수밖에 없다. 이유는? 이것저것 있지만, 그가 저술한 책의 제목이 첫 번째 이유다. 『석탄화력이 일본을 구(救)하다』. 나, 석탄이 일본을 구해준다는데, 나로서야 무조건 끌리지 않겠나? (저자에겐 좀 미안한 노릇이지만, 나, 석탄은 '석탄화력'을 '석탄발전'이라 부르겠다.) 그의 성난 목소리를 듣기에 앞서 '깨끗한 에너지'부터 얘기해 보자.

'원전 찬양'의 영국 녹색과학자에게

청정에너지? 인간들은 대뜸 신재생에너지라 불리는 태양

광발전과 풍력발전부터 떠올릴 것이다. 그러나 그들은 전력생산 능력이나 경제적 측면에서 보면 아직 어린 아이의 수준이다. 그래서 원자력발전이 청정에너지로 각광을 받는다. 석탄발전에 버금가거나 능가하는 전력을 생산하고도 미세먼지와 이산화탄소를 배출하지 않기 때문에 '청정에너지'로 분류되면서 현재 석탄발전과 함께 전력생산의 기둥 역할을 맡고 있는 원자력발전. 그러나 인간들이 '무시무시한 놈'이라 여기기도 하는 원자력발전.

"석탄화력이 일본을 구한다!"고 외치는 한 사나이가 일본에 있다고 했는데, "원자력발전이 지구와 인류를 구한다!"고 외치는 한 사나이가 영국에 있다. 녹색과학자 제임스 러브록이다. 그는 단단한 확신 위에서 강력히 주장한다. "인류문명을 멸망시킬 상황에까지 도달한 기후변화를 막는 길은 원자력발전소를 수천 개 건설하는 것밖에 없다."

"오, 마이 갓!" 외마디 비명을 제임스 러브록에게 직격탄처럼 날리는 또 다른 한 사나이가 일본에 있다. 그는 반원전 저술가로 널리 알려진 히로세 다카시다. "석탄화력이 일본을 구한다!"고 외치는 키모토 쿄지와 서로 잘 아는 사이인지는 모르겠으나, 히로세 다카시도 키모토 쿄지와 똑같이 "기후변화론은 원자력발전을 추진하기 위한 사업적 음모"라고 주장한다.

영국도 섬나라고, 일본도 섬나라다. 그런데 두 일본 사나이는 원자력발전에 숨겨진 더럽고 나쁜 음모를 파헤치는데, 한 영국 사나이는 거창하게도 영국만이 아니라 지구와 인류를 구원할 구세주가 원자력발전이라 치켜세운다. 왜 이러나? 인류의 미래와 지구의 미래를 걱정한다는 공통점까지 지녔는데, 왜 한쪽은 원자력발전을 구세주라 치켜세우고 다른 한쪽은 그것을 파멸의 거악이라 저주하나? 나, 석탄이 보기에는 똑똑하기로든 머리 좋기로든 이러한 잣대로는 양편의 우열을 가리기도 힘들어 보이는데, 왜 서로가 상극의 주장을 하고 있나?

똑똑한 인간들보다는 도저히 더 똑똑해질 수 없는 나, 석탄으로서는 한 영국인과 두 일본인의 그 극단적 차이를 '살아온 환경'에서 찾을 수밖에 없다. 간단하지 않나? 영국이라는 섬나라가 해적질로는 유명했으나 '지진' 때문에 세계인의 주목을 받은 적이 있었나? 없다. 고약한 데도 있는 지구의 성질머리를 다 알지 못하는 나, 석탄이 앞으로도 영국이라는 섬에는 '지진이 없다'고 장담하거나 단언할 수야 없으나, 여태껏 그 섬이 지진 때문에 글로벌 뉴스의 주인공으로 떠오른 적은 없었다.

일본이라는 섬나라는? 내가 군이 말할 필요도 없다. 지진의 섬이라 불러도 어색하지 않게 이루 헤아릴 수 없는 '지진의 고통'을 감내해 왔다. 일본이 '토목의 나라'라 불리는데, 지진의 고통이 토목의 나라로 만들었다고 해도 틀리지 않을 것이다. 토목의 나라는 토목의 힘으로 자신만만하게 원자력발전소들을 건설했다. 일본 원전들은 절대로 안전하다는 확신도 '토목의 나라' '기술의 나라' 일본의 신화 위에 가장 자랑스러워하는 신사(神社)의 기둥처럼 굳건히 세워졌다. 그러나 아무리 기술이 뛰어난들 이른바 '강진'을 당할 수야 있나? 2011년 3월 11일 동일본대지진 발생, 후쿠시마 원전 방사능 누출. 이 엄청난 재앙과 비극은 토목과 기술의 신화를 삽시간에 초토화시키고 말았다. 인간의 역사가 히로시마 나가사키 원폭투하와 나란히 기록할 그 비극적 사태 하나만으로도 히로세 다카시와 키모토 쿄지는 제임스 러브록에게 비난을 퍼부어도 좋은 윤리적 과학적 사실적 토대를 획득하고 확보한다.

그래도 나, 석탄은 제임스 러브록을 향한 궁금증이 남는다. 이것을 풀기 위해 나는 그에게 여러 가지 질문을 던져야 하겠다.

당신은 미국 드리마일 원전사고를 모르나? 당신은 1986

년 4월 26일 밤하늘에 거대한 폭발음을 울렸던 러시아(옛 소련) 체르노빌 원전사고를 잘 알고 있지 않나? 드리마일은 제쳐두더라도 체르노빌은 당신네 유럽대륙에서 발생하지 않았나? 히로세 다카시가 쓴 르포소설『체르노빌의 아이들』은 읽어보지도 않았나? 상극 위치에 있는 경쟁자의 책이어서 팔아주기 싫었나? "우리가 원력발전소에 대해 여러 가지를 알고자 하는 것은 원자력공학자가 되기 위함이 아니라, 그저 자신과 가족을 위험으로부터 지키고 싶은 마음 때문"이라고 히로세 다카시는 외치는데, "지구와 인류"를 지키려는 거창한 차원을 거론하는 당신 앞에서 그는 겨우 "자신과 가족"을 지키려는 좁쌀 같은 세계에서 놀고 있으니, 그냥 무시해도 되나? 아니, 한 권력자가 다른 국가를 상대로 전쟁을 일으킬 때는 반드시 그럴싸한 명분을 내걸고 그것을 위해 국민 다수가 죽는 것은 피할 수 없는 고통이라는 논리를 내세우는 것처럼, 당신은 지구와 인류를 구원하기 위해 원자력발전소 수천 개를 건설해야 하니 그들 중에 여남은 개쯤이 체르노빌이나 후쿠시마 같은 사고를 일으키고 그에 따라 이루 형언할 수 없는 비극적 재앙이 수많은 인간을 덮치더라도 그것은 50억 명을 구하기 위한 소수의 피할 수 없는 희생으로 간주해야 한다는 것인가?

나, 석탄, 질문공세를 잠시 쉬겠다. 자꾸만 목이 간질거린다. 빌어먹을, 내 목구멍에 요새 한국 서울과 수도권 인간들이 그토록 '죽일 놈'이라 여기는 석탄발전의 미세먼지들이 엉겨 붙었나? 요란하게 가래침을 한 번 뱉고 나서 다시 제임스 러브록에게 질문을 던진다. 이번에는 내 나이를 생각해서, 최소한 수만 년이나 먹은 내 나이를 생각해서, 노회한 꼰대의 목소리로.

"이보게, 영국 양반. 지구온난화는 나도 걱정이 많아. 지구에서 수십만 년, 수만 년이나 살았으니 내가 체험적으로 잘 알지 않겠나? 자네는 히로세 다카시가 부담스럽기도 할 테지. 그러면 『체르노빌의 목소리』라도 읽어야지 않겠나? 녹색과학자가 노벨문학상 수상작품을 읽어본다고 해서 체면을 손상할 일이야 있겠나? 스베틀라나 알렉시예비치, 이 작가의 그 작품은 허구 세계가 아닐세. 그녀의 조국 조그만 나라 벨라루스, 단지 체르노빌 원자력발전소와 가까이 있다는 이유 하나만으로 대참사를 피할 수 없었던 사람들, 그 다양한 고통의 얼굴을 하나하나 사진 찍듯 담아낸 것이라네. 십여 년에 걸친 100여 명 인터뷰. 그 세월에 찢어졌던 그녀의 가슴은 노벨상을 받고 거듭 찢어졌을 것이네. 원전은 해마다 늘어나고 있으니까. 지극한 모성의 작가는 한 사람씩 한 사람씩 차례로 실상 그대로를 보여주지. 사고현장에 투입됐다 죽은 소방대원의 아내, 마을 주민, 심리학자, 기자, 간호사, 군인, 연구원, 사진작가, 교사, 교수, 의사. 엔지니어, 농부, 아무개의 아버지와 어머니와 아내, 어린 아이들……. 이 다양한 고통의 얼굴들이 체르노빌 원전사고의 진정한 실상이지. 자네는 그 작품 속의 이 한마디는 반드시 기억하고 수없이 곱씹어 보길 바라네. '나를 파괴하는 것은 과거가 아닌 미래다.' 이리 굴리고 저리 굴려도 무슨 말인지 모르겠다고? 과거란 '나는 방사능 피폭을 당했다'라는 사실이지. 그럼 '나의 미래'는? 자네는 과학자니까 잘 알지 않겠나? 체르노빌 원전사고 때문에 '미래가 인간을 어떻게 파괴할 것인가'를 자네에게 일깨워줄, 그 작품 속의 한 얼굴만 여기로 불러오겠네. 부디, 잘 살펴보게나."

체르노빌의 목소리 –「못생겨도 사랑할 아이」

부끄러워 말고 질문하세요. 벌써 얼마나 많이 소재로 활용됐는지, 이제 적응했어요. 한 번은 우리 이야기를 써간 기자가 신문기사에 사인까지 해서 보내줬는데, 저는 안 읽었어요. 누가 우리를 이해하겠어요? 우리는 여기서 살아야 하는데…….

얼마 전 내 딸이 말했어요.

"엄마, 내가 못생긴 아이를 낳더라도 나는 걜 사랑할 거야."

상상이 되세요? 아직 10학년밖에 안 됐는데, 벌써 그런 생각을 하더군요. 딸 친구들도 다 그런 생각을 한다고 했어요. 얼마 전 아는 사람이 아들을 낳았어요. 첫 애라 많이 기다리던 아이였어요. 젊고 잘 생긴 부부예요. 그런데 태어난 아기가 입이 귀까지 찢어졌고, 귀는 한쪽밖에 없어요. 요즘은 옛날만큼 그 집에 안 가요. 갈 힘이 없어요. 그런데 딸은 아니에요. 그 집에 자주 가요. 연구하러 가는 건지, 연습하러 가는 건지, 가고 싶어해요. 그런데 저는 안 돼요.

이곳을 떠날 수도 있었지만, 남편과 상의한 끝에 남기로 했어요. 다른 사람들이 무서워요. 여기서는 모두가 체르노빌레츠잖아요. 다른 사람도 안 무섭고, 누가 자기 밭이나 과수원에서 딴 사과와 오이를 주면 먹지, 쑥스러워하며 주머니나 가방에 넣어뒀다가 나중에 버리지 않아요. 우리는 기억을 공유하고 있어요. 같은 운명을 살아가고 있어요. 어디를 가든, 어떤 곳에서도 우리는 남이에요. 우리를 흘겨봐요. 경계해요. '체르노빌레츠', '체르노빌 아이들', '체르노빌 이주민'이란 말에 적응했어요. 체르노빌. 이제는 우리 삶을 따라다니는 꼬리표가 됐어요. 하지만 당신들은 우리에 대해 아는 것이 없어요. 우리를 무서워하죠. 도망가죠. 만약 우리가 여기서 못 빠져나가도록 경찰이 저지선을 설치했더라면 당신들 중 많은 이들이 안심했겠죠. (잠시 말을 중단한다) 아무것도 해명할 필요 없어요. 우기지 마세요! 처음부터 깨닫고 직접 겪었던 사실이에요. 딸을 데리고 급하게 민스크에 사는 언니네로 갔어요. 내 친언니가 자기 아이에게 모유를 먹여야 한다는 이유로 우리를 집으로 들여보내 주지 않았어요. 가장 무서운 악몽에서도 상상하지 못할 일이었어요! 지어낸 이야기가 아니에요. 그래서 그날 밤을 기차역에서 보냈어요. 미친 생각들이 머리를 스쳐 지나갔어요. 어디로 도망가야 할까? 고통을 당하지 않으려면 차라리 죽어버리는 게 낫지 않을까. 처음이었잖아요. 사람들이 모두 뭔가 무서운 병을 떠올렸어요. 상상할 수 없는 병이요. 그런데 저는 의사예요. 그래도 다른 사람에게 일어난 일을 바탕으로 추측하는 것 외엔 아무것도 할 수 없었어요. 소문은 언제나 진실보다 끔찍해요. 우리 아이들을 보세요. 어디를 가든 버려졌다고 느끼고 있어요. 살아있는 귀신 취급받아요. 웃음거리가 되어요. 한 번은 딸이 여름캠프에 갔는데, 아이들이 무서워서 다가오지 않더래요.

"체르노빌 개똥벌레다! 저 여자애 야광이래."

정말인지 보려고 밤에 애를 마당으로 불러냈어요. 머리에서 빛이 나는지 보려고.

전쟁이라고 했어요. 우리가 전쟁 세대래요. 우리를 예전 전쟁 세대와 비교해요. 전쟁 세대라. 행복한 세대였잖아요! 그들은 승리를 경험했어요. 그들은 이겼어요! 그 승리는 그들이 살아갈 수 있는 강력한 에너지를 주었고, 요즘 표현을 쓰자면 생존을 위한 최적의 환경을 조성했어요. 그들은 아무것도 두려워하지 않았어요. 살고, 배우고, 아이를 낳고 싶어했어요. 그런데 우리는요? 우리는 모든 것이 무서워요. 우리 아이들 때문에 두려워요. 아직 태어나지도 않은 손자 손녀들 때문에 무서워요. 아직 없는데, 우리는 벌써 두려워해요. 사람들은 덜 웃고, 옛날 축제 때처럼 노래도 부르지 않아요. 들판에 숲과 덤불이 자라면서 풍경만 달라진 것이 아니라 민족의 성격도 변했어요. 모두 우울증을 겪고 있어요. 시한부 인생. 누구에게는 체르노빌이 비유나 구호일 수 있어요. 하지만 우리는 그게 삶이에요. 우리 인생이에요.

한 번은 우리 이야기를 안 썼으면 좋겠다는 생각을 했어요. 밖에서 우리를 관찰하지 않았으면. 핵 공포증이나 뭐 다른 병명을 갖다 붙이며 우리를 구분 짓지 않았으면. 그러면 우리를 덜 무서워할 텐데…… 암환자 집에서는 아무도 그 무서운 병에 대해 말하지 않잖아요. 종신형을 사는 죄수의 감방에서는 아무도 그 기간을 떠올리지 않잖아요, (침묵한다) 너무 많이 말했는데, 괜찮은지 모르겠어요. (묻는다) 식사 준비할까요? 같이 드시겠어요? 아니면 무서우세요? 솔직히 말씀하세요, 이제 섭섭하지도 않아요. 이미 다 겪었어요. 어떤 기자가 저희 집에 들어왔어요. 목이 마른 것 같아 보였어요. 물을 한 컵 떠다 줬는데, 가방에서 자기 물병을 꺼내더군요. 생수였어요. 그러면서 부끄러워했어요. 이런저런 변명으로 둘러댔어요. 결국 우리는 대화를 제대로 할 수 없었어요. 그 사람에게 솔직한 말을 할 수 없더군요. 저는 로봇이나 컴퓨터가 아니잖아요. 쇠붙이가 아니잖아요. 그는 자기 쟁수를 마시면서 내 컵에 손 닿는 것도 무서워하는데, 나는 내 영혼을 상에 올려준 거잖아요. 내 영혼을 줘버리는 거잖아요.

(상 앞에 앉는다. 같이 식사한다. 여러 이야기를 나눈다.)

어제는 밤새도록 울었어요. 남편이 그러더군요. "당신 그렇게 예뻤는데 말이야." 저도 알아요, 무슨 말인지. 아침마다 거울 속을 들여다봐요. 이곳 사람들은 빨리 늙어요. 저는 마흔인데, 예순은 되어 보이죠. 그래서 아가씨들이 시집을 일찍 가요. 젊음은 아까운데, 너무 짧거든요. (갑자기 말을 끊는다) 그래서, 체르노빌에 대해 뭘 아시나요? 무슨 글을 쓰시겠어요? 미안해요. (침묵한다)

내 영혼을 어떻게 글로 적을 수 있어요? 나도 그렇게 자주 읽지 않는데 ……. **나데즈다 아파나시예브나 부라코바** 호이니키 마을 주민
—『체르노빌의 목소리』(김은혜 옮김, 새잎, 2011)에서

원자력발전의 세 얼굴

지구온난화의 주범은 온실가스다. 나, 석탄은 그것이 현재 범인류적인 하나의 굳건한 상식이라 하지 않았나? 그런 상식 하나가 더 있지. 수십 년에 걸쳐서 범인류적인 상식으로 굳어진 그게 뭐냐? "원전은 깨끗하고 값이 싸긴 한데 무시무시하다." 바로 이거지. 그러니까 원자력발전의 세 얼굴이지.

깨끗하다.

값싸다.

무시무시하다.

오늘도 한국에서 전력생산의 두 기둥은 화력(석탄)발전과 원자력발전이다. 나, 석탄은 여기까지 오는 동안에 원자력발전의 두 얼굴 - '깨끗하다'는 얼굴, '무시무시하다'는 얼굴에 대해서는 엔간히 말했다. 원전의 세 얼굴 중 남은 하나 - '값싸다'는 얼굴을 들여다보자.

'값싸다'라는 원전의 얼굴, '경제적이다'라는 원전의 얼굴은 어떻게 생겨먹었나? 앞에서 들춰봤던 자료를 새로 펼쳐보자.

〈2015 한국전력 통계〉. 한전이 2015년 발전사업자들로부터 구매한 전력 단가. 1Kwh당 원자력 62.61원, 유연탄('석탄'이라 치자) 71.41원, 액화천연가스(LNG) 169.49원, 풍력 105.99원, 태양광에너지 153.84원.

진짜로 원자력발전이 가장 싸다. 부끄럽게도 나, 석탄이 조금 더 비싸다. 태양광발전은 원전이나 석탄발전의 두 배가 넘는다. 한국이 수입해오는 LNG는 태양광발전보다 더 비싸다. 이것도 온실가스를 내놓는데 말이다.

전기를 많이 쓰는 소비자들 앞에서 원자력발전과 석탄발

전은 어깨를 으쓱댈 만하다. 나, 석탄이 원자력과 어깨춤을 같이 추는 것에 대해 따로 할 말이 많은데, 내가 입을 열기도 전에 벌써 어깨춤 앞으로 공격의 화살들이 날아온다. "경제성? 좋아하네. 엿이나 드슈." 이 화살이다. 누가 날리나? 신재생에너지의 신도들, 특히 태양광발전의 신도들이다. 풍력은 태양광 세력에 훨씬 못 미쳐 뒷자리에 따라붙는다. 이들은 원전과 석탄발전의 '경제성 어깨춤'을 늘 노리고 있다. 그 춤을 거꾸러뜨려야 원전과 석탄발전을 인간사회에서 추방할 수 있다고 믿는 것이다. 원전은 '무시무시한 놈'이다, 석탄발전은 '킬링 코올'이니 '죽일 놈'이다. 이것만으로는 다 움직일 수 없는 인간 내면의 한 지점, 바로 돈을 향한 욕망이 도사리고 있는 그곳을 송곳처럼 자극해야만 한다고 믿는 것이다. 그래서 그들은 두 놈의 '경제성 어깨춤'을 반드시 거꾸러뜨려야 한다는 확신으로 무장할 수밖에 없다.

"머잖은 장래에 태양광의 발전단가가 원자력발전이나 석탄발전의 그것과 비슷해진다는 반가운 소식은 일단 덮어두겠다. 그건 가깝든 좀 멀든 미래의 일이니까 덮어두고, 오늘 저녁에 당장 따져보자. 그것도 국민들 앞에서."

태양광발전 신도들이 벌떡 일어섰다. 대체 그들은 어디서 원전 신도들과 맞붙으려 하나? 2부로 기획된 텔레비전 생중계 토론을 격멸의 기회로 노리고 있다.

TV토론 1부: 원전은 값싸다?

(태양광발전 신도들의 대표와 원자력발전 신도들의 대표, 둘의 험상궂은 토론이 계속되고 있다.)

야, 원전아, 너는 양심도 없나? 체르노빌의 대참사, 후쿠시마의 대재앙을 돈으로 환산하면 도대체 얼마나 어마어마하겠나? 후쿠시마는 5년간 130조 원이나 때려 넣었지만 아직도 그 모양으로 있어. 앞으로 얼마나 더 때려 넣어야 할지, 예측 불가야. 암에 걸릴 개인들의 불행은 다 덮어두고도 말이야. 너는 입이 열 개고 그 열 개 입이 모조리 솟을대문보다 더 크다 해도 할 말이 없을 거다.

그건 사고일 뿐이지. 극히 예외적인.

뭐, 극히 예외적인 사고일 뿐이라고?

보험이라도 들어둘 것이지.

보험? 그것 참 기가 막힌 아이디어구나. 너는 인간사회에

말문을 틀어막아주는 보험도 있다고 생각하는 모양이구나.

(이쯤에서 태양광발전 신도들의 대표는 시청자들이 충분히 자신의 주장을 이해하고 지지를 보내줄 것이라고 믿는다. 기선을 확실히 제압했다고 판단하여 느긋해하면서 다음 페이지로 넘어간다.)

그래, 영국 최대 보험회사에 '원전사고 보험'을 신설해보라고 내가 책임지고 전해주기로 하지. 그 나라에는 마침 원전이 지구와 인류의 구세주라고 외치는 메시아 같은 존재도 살고 있으니, 그 인간의 반응도 알아봐 주지. 야, 원전아, 네가 극히 예외적인 사고일 뿐이라는 체르노빌, 후쿠시마는 덮어두자. 그런데 중저준위방사성폐기물, 네가 가장 잘 알잖아? 그 넘쳐나는 핵폐기물 처분장 하나 만드느라고 한국이 얼마나 시끄러웠나?

그건 한국 인간들이 웃긴 거지. 친환경 식물들만 먹고 자란 한우 고기를 즐겨 먹으면서 잘 살고 있다고 해봐. 그걸 먹고 똥을 쌌다고 해봐. 정화조가 넘쳐난다고 해봐. 정화조를 비우긴 비워야 하는데, 그걸 어디 갖다버릴 데가 없다고 해봐. 그러면 집에서는 살 수 없게 되니까 집을 버리고 떠

나야지. 아니면 정화조 비우는 처리시설을 만들든가. 안 그래?

너는 양심은 없어도 입이 삐뚤어진 건 아니구나. 그건 네 말이 맞다. 정말 한심한 꼴불견이었지. 원전이라는 핵덩어리는 껴안고 사는 인간들이 거기에 비하면 위험하다고 할 수도 없는 중저준위방사성폐기물 처분장 건설을 놓고는 데모다 주민투표다 난리를 쳤지. 결국 경주 시민들이 찬성률 높이기 대회 같았던 투표에 이겨서 제법 엄청난 지원금을 받는 조건으로 그걸 가져갔는데.

헤이, 태양광. 2005년 그때, 나는 이렇게 생각했어. 중저준위방폐장 건설, 이걸 아무데나 가서 찾아대던 정부부터가 웃겼던 거야. 1989년부터 시끄러웠잖아? 그때는 영덕에 가서 기웃거렸지. 〈핵폐기물처리장 설치 결사반대!〉, 이게 조그만 동네를 뒤덮었지. "나중에 우리 손주들이 기형아로 태어난다고 해보소. 어데 잠이나 오겠는교?" 할머니들, 아주머니들이 이러고는 분노를 했지. 반미(反美) 하는 인간들은 이때다 하고 반핵(反核)을 떠들고. 그때 반핵으로 절규했던 인간들이 요새 북한 핵무기에 대해서는 잠잠할 거야. 그 반핵은 반미였으니까.

(사회자가 "옆으로 새지 말라."고 경고하자, 태양광발전 신도들의 대표가 잽싸게 나선다.)

이봐, 원전. 그건 나도 다 알아. 영덕 다음에는 포항 청하에다 안면도였지. 너는 뭘 얘기하자는 거야?

아하, 그래. 정부가 어째 그 모양이었나, 이거야. 요새는 핵폐기물이라 안 부르고 부드럽게 방사성폐기물, 방폐물이라 부르는데, 그걸 처분하고 관리하는 장소를 지정하는 문제에 대해 왜 원전이 없는 곳에 가서 먼저 집적거렸느냐, 이거야. 사고가 난다, 그래서 위험해진다, 이런 걸로 따지면 원전 자체가 훨씬 더 위험한데, 이것에 비하면 아무것도 아닌 방폐장 건설 장소는 그 제일 순위가 당연히 '원전이 있는 곳'이 되어야 했다는 거지.

이봐 원전, 너의 그 주장에는 일리가 있어. 그 전에 지질도 잘 살펴야지. 활성단층이 있나 없나, 암반이 좋은가 나쁜가. 이것도 중요하다는 걸 너는 잊으면 못써. 그런데 너는 방금 방사성폐기물이라는 부드러운 용어를 쓰고 있다고 했는데, 중저준위는 그래도 돼. 그러나 고준위방사성폐기물은 그냥 핵폐기물이라 부르는 게 정직하지. 한국은 기존 원전들에서 나온 핵폐기물도 이미 포화상태야. 이걸 처분하고 관리할 자리를 또 물색해야 하고 또 건설해야 하잖아?

그래야지. 음식을 맛있게 먹어왔으니 그동안에 쌓아둔 정화조의 똥을 당연히 치워야지. 싫으면 음식을 먹지 말든가.

그뿐만 아니잖아? 수명이 다한 원자력발전소는 그 자체가 수백 개 정화조보다 더 크고 더 무서운 핵폐기물 그 자체잖아?

그것도 그렇게 관리해야 맞지.

야, 원전아. 그러면 생각을 해봐라. 너는 현재 전기요금을 가장 싸게 공급한다고 어깨춤을 추고 있는데, 방사성폐기물 처리장, 핵폐기물 처리장, 수명 마친 원전 자체 처리 문제, 이런 사회적 비용을 다 계산해서 전기요금에 넣어봐. 그러면 어떻게 되겠나? 야, 여기서는 일단 네가 말한 그 '극히 예외적인 사고'는 계산에 넣지도 않은 거야. 내 말 알아들어? 사고의 경우까지 집어넣으면 아예 전기요금 토론은 성립도 안 돼. 후쿠시마만 봐. 벌써 130조 원 투입했잖아? 그걸 전기요금에 넣어봐. 토론 자체가 성립되겠나? 너의 그 '극히 예외적인 사고'를 안 넣고 계산해도 너는 너무 비싼 녀석이야. 무시무시한 놈인데다 비싼 놈인 거지. 그러니 너는 소비자들 앞에서 경제적인 어깨춤을 출 자격이 처음부터 없었던 거야. 소비자들을 기만해온 거지.

(나, 석탄은 태양광 신도들의 대표에게 열렬한 박수를 보
낸다. 바로 이때, 시청자 발언 순서다. 젊은 여성이 카메라
에 잡힌다. 잘 다듬은 얼굴에 인사 말씨도 또박또박하다.
전직이 아나운서였나. 이런 짐작을 해보는 사이, 참 공교롭
게도 그 여성이 "저는 2016년 10월 20일에 시청했던 KBS
뉴스 하나를 그대로 읽어보겠어요."라고 한다. 나, 석탄은
귀를 쫑긋 세운다.)

"독일 정부가 핵폐기물 처리를 위해 원자력발전소 운영
자들에게 235억 유로, 우리 돈 약 29조 원의 비용을 요구
했습니다. 원전 폐쇄에 들어가는 총 400억 유로의 비용 가
운데 핵폐기물 처리 비용 235억 유로를 원전 운영자들에게
부담시키겠다는 것입니다.

독일 정부는 이 금액으로 국가펀드를 만들어 운영할 방침
이라고 밝혔습니다. 핵폐기물 처리는 원전 운영자들이 맡
고, 정부는 최종 매립지 건설 등 핵폐기물 보관을 책임지겠
다는 방침입니다."

(젊은 여성이 마티아스 프라트체크 독일원전위원회 의원
의 인터뷰도 있다고 말하자, 사회자는 그걸 읽어도 좋다고

허락한다.)

"놀랍게도 만장일치의 결과를 도출했습니다. 원전 폐기는
우리 모두에게 매우 중요하기 때문입니다."

(다시 젊은 여성이 기사를 대독한다.)

"해당 기업들은 정부가 과도한 비용을 요구한다며 난색을
표명하고 있지만, 원전 폐기 여론이 압도적으로 높아 기업
들의 반발도 오래 지속되진 않을 전망입니다.
　앞서 독일은 2011년 후쿠시마 원전 사태 직후 원전 17기
를 오는 2022년까지 모두 폐쇄하기로 했습니다. 또 최근엔
독일연방 상원이 2030년부터 내연기관 자동차를 금지하는
결의안을 통과시키는 등 환경을 중시하는 독일의 에너지
전환 정책이 속도를 내고 있습니다."

　나, 석탄은 다시 열렬히 박수를 쳤다. '극히 예외적인 사
고'도 없었고 지진 뉴스도 나오지 않은 독일에서 원전 17기
를 폐쇄하고 보관하는 데만 400억 유로(한국 돈으로 약 49
조 원)을 들여야 한다지 않나. '원전은 값싸다'라는, '원전은

경제성이 가장 좋다'라는 그 잘못된 고정관념을 단박에 깨버릴 가장 강력한 무기 아닌가 말이다. 한국은 2016년 현재 기준만으로도 원전 24기를 가동하고 있으니, 만약 24기 모두를 독일처럼 2022년까지 폐쇄하기로 한다면, 셈본으로 대충 두들겨보아도 69조 원을 준비해야 한다.

나이를 최소한 수만 년씩이나 먹은 나, 석탄이 마치 어떤 경기에 승리해서 환호하는 아이와 같은 기분에 빠져 있다 문득 정신을 차렸다. 흥분, 열광, 이건 늙으나 어리나 깜박 정신을 놓게 만드는 감정이니 어쩌랴마는, 나, 석탄이 짧은 동안 까맣게 까먹은 일이 있었다. 바로 이튿날이 석탄발전 신도들의 대표가 태양광 신도들의 대표와 텔레비전 생중계 토론을 할 차례라는 것. 나, 석탄은 태양광발전 복습부터 해둬야겠다고 생각했다.

요즘 너무 신나는 태양광발전

2016년 8월 8일, 중앙일보 칼럼. 세종대학교 환경에너지 공간융합학과 전의찬 교수는 주장하고 있다.

전지구적인 기후변화뿐만 아니라 도시의 열섬현상을 완화하기 위해서는 화석에너지 사용량을 줄여야 한다. 그렇게 하기 위해서는 중국의 2배, 인도의 8배에 달하는 1인당 에너지 사용량을 줄여야 한다.

에구, 한국인은 에너지 소비에도 과소비가 심한가 보다. 에너지도 명품처럼 더 많이 소비해야 더 잘나 보이나? 전 교수는 바로 이어서 '화석에너지'의 대안을 제시한다.

현실적인 대안은 전체 발전량의 0.5%에도 미치지 못하고 있는 태양광발전을 확대하는 것이다. 이를 위해선 발전사업자의 대규모 태양광발전 시설뿐만 아니라 아파트 옥상 등을 활용한 소형 태양광발전 시설을 많이 늘릴 필요가 있다. 서울형 발전차액지원제도(FIT)처럼 직접 보조금을 주는 방법이 효과적이다.

FIT는 독일이 고안한 제도다. 앞에서도 두 차례나 밝혔다시피 원자력발전이나 석탄발전에 비해 태양광발전은 두 배 이상 비싸니까 그 차액의 일정 수준을 정부 또는 지방자치단체가 태양전력 생산자(사업자)에게 보조해주는 방식이다. 이거야 예산확보가 전제조건이다. 한국 정부는 2011년에 재정적 부담을 이유로 폐지했고, 한국 지자체들 중에 제일 부유한 서울시는 '녹색실천'의 명맥처럼 유지하고 있다.

서울시는 소규모 태양광발전 사업자들에게 1Kwh당 2만 원에 공공건물 옥상을 임대해주기도 하고, 2016년 5월 31일 현재 139개 사업자에게 6억2천854만 원을 지원하기도 했다. 2011년에는 태양광발전이 26MW 설치돼 있었는데, 2015년 말에는 150MW로 늘어났고, 2020년까지는 200MW로 확대한단다. 나, 석탄은 태양광발전의 확대를 진심으로 환영한다.

요즈음 나, 석탄이 보기엔 태양광발전이 정말 부럽다. 인간의 사랑을 독차지하고 있으니 이 늙을 대로 늙은 석탄의 어느 내면에도 슬그머니 부아와 시기가 돋으려 한다. 그러나 말이 그렇다는 거다. 최소한 수만 년의 나이를 내가 헛먹기야 했겠나. 태양광발전은 몇 년 더 지나면 '경제성 어깨춤'마저 우쭐거릴 수 있겠다. 길어도 십여 년 안에는 발전단가가 뚝 떨어지게 된다는 소식도 솔솔 솔바람처럼 귀를 간질거리고 있기 때문이다.

세상을 확 바꿀 에너지 혁명의 도래. 이걸 이끄는 힘이 태양광, 풍력 등 자연에서 무한정 이용할 수 있는 '청정에너지'에서 나올 거라고 한다. 이런 주장을 할 때, 그래도 예의를 갖춘 인간들은, "지나간 20세기는 화석에너지의 시대였다. 석탄, 석유, 천연가스 에너지가 산업화와 도시화를 만들었고 인류 역사상 최대 풍요와 최고 편리를 제공했다."라는 정도의 칭송을 앞세울 줄 안다. 비록 '립 서비스'라 해도. 어쨌거나 최근 신재생에너지 기술개발이 일취월장해서 환경적 당위성을 넘어 인간들이 그토록 '예민'하게 반응하는 '돈'에 대한 부담감도 상당히 덜게 된다는 소식인데……

 대체(代替)? 인간이 사랑하는 이성(異性)을 대체하기란 여간 어렵고 까다로운 문제가 아니다. 그러나 문명의 이기를 대체하는 것은 손쉽게 해치운다. 휴대폰을 보라. 뚜껑을 밀어 올리거나 여닫는 형태는 벌써 골동품이다. 남녀노소 장삼이사 모두가 스마트폰으로 대체했다. 마차를 자동차가, 타자기를 컴퓨터가, 필름 카메라를 디지털 카메라가 대체했다는 실례들은 너무 먼 이야기로 들리지 않나? 열쇠를 구멍에 쑤셔 넣는 자물통도 디지털번호 자물통으로 대체했다. 이렇게 된다는 거다. 뭐가? 화석에너지를 신재생에너지가 대체한다는 거다. (글쎄, 대체 대상에서 왜 '원자력발전'만 쏙 뺐는지 몰라도.) 그 대체 속도에는 날이 갈수록 가속도가 붙어서 2030년쯤에 '탈탄소 사회'로의 전환, 즉 에너지 혁명이 완성된다는 거다. 누가? 제레미 리프킨, 토니 세바 같은 똑똑한 미래학자들이.

국제재생에너지기구(IRENA)가 재생에너지의 '돈' 문제를 해결하게 된다는 발표를 내놨다. "태양광발전 비용이 2010년부터 2015년까지 5년간 이미 58% 내려갔고, 앞으로 10년 후인 2025년 무렵에는 현재보다 59% 더 줄어들어 1Kwh당 5~6센트(약 60원에서 70원)까지 낮아져 석탄발전과 비슷한 정도가 될 것이다." 이에 맞추듯 에너지 전문가들은, "대략 2020년 무렵에는 신재생에너지와 화석에너지의 발전단가가 같아지는 '그리드 패리티(Grid Parity)'가 실현될 것이다." 하고 짝짝짝 박수를 쳤다.

어디 그뿐이랴. 에너지 혁명은 불가피하게 기존 기반산업을 근본적으로 재편하게 된다. 정치혁명이 권력구조를 발본색원 바꾸는 거나 비슷하다. 스마트그리드, 전기차, 에너지저장장치(ESS), 배터리, 신재생발전설비, 빅데이터에 의한 전력수요관리, 개인 간의 전력거래 등 이루 헤아릴 수 없다. 이래서 자본가들은 벌써부터 IRENA나 에너지 전문가들의 '장밋빛 에너지 혁명'에 결정적인 힘을 실어주고 있다. 구글, 애플, 테슬라 등 실리콘밸리의 기둥이며 얼굴인 혁신기업들, 미국 GE나 독일 지멘스 같은 세계적 굴지의 기업들이 에너지 분야에 출사표를 던졌다. 독일의 최대 전력회사 EON이 석탄발전과 가스발전을 따로 밀어내고(분사시키고) 신재생발전과 에너지 솔루션 비즈니스에 집중하기로 했다. (이거야 뭐 나, 석탄이 봐도 바보 아닌 다음에야 그리할 테지. 석탄에너지 제로, 원전 제로를 선언하고 추진하는 나라의 전력업체니까.) 글로벌 오일 메이저인 프랑스의 토탈이 태양광 패널 업체와 배터리 업체를 인수하고 있다. 어쩌다 공개적으로 점심 한 끼 같이 먹어주는 데도 가난뱅이들의 눈에는 천문학적 수치로만 비치는 '돈뭉치'를 받아내는 워런 버핏이 전통적인 전력회사에서 손을 빼고 신재생발전과 전기차 업체에 돈뭉치를 넣고 있다.

한국 정부도 적극 나서는 모양새다. 2020년까지 30조 원을 투자해 태양광 풍력 같은 신재생발전소를 확대하는 등 에너지신산업 부문에 총 42조 원을 투자하겠다고, 2016년 9월 23일 밝혔다. 그날 서울 여의도 사학연금회관에서 열린 〈에너지신산업 확산을 위한 정책방향과 신규사업화 기회 세미나〉에서 변천석 한국에너지공단 팀장은, "오는 2020년까지 5대 에너지신산업에 42조 원이 투자"되는데 "이 가운데 절반 이상인 30조 원이 태양광과 풍력 등 신재생에너지 보급 확대를 위한 신재생발전소 건설에 사용된다."고 밝혔다. 한국 정부가 2020년 이후 출범하는 신기후 체제에 대응하기 위해 신재생에너지, ESS, IOT(사물인터넷) 에너지효율, 친환경 발전·송배전 등 '5대 에너지 신사업'을 추진하겠다는 것이다. 여기에는 석탄화력 500MW 규모 26기에 해당하는 신재생발전소 건설, 2.3GW 규모 태양광 및 해상풍력을 비롯한 8대 신재생에너지 프로젝트가 포함된다. 태안, 제주 대정 해상, 고리 등에 해상풍력발전단지를 조성하고 영암, 새만금 등에 태양광발전시설을 설립하는 대규모 프로젝트다. 이들을 실현해서 현재 7.6%에 불과한 신재생발전 비율을 2029년까지 20.6%로 끌어올릴 뿐만 아니라, 미얀마 피지 등 개발도상국을 중심으로 2020년까지 신재생에너지 수출 규모 100억 달러를 달성한다는 목표도 제시했다. 태양광은 2016년 37억 달러의 수출 규모를 2020년까지 90억 달러로 끌어올리고, 풍력은 6억 달러 규모를 8억 달러까지 늘린다는 것.

투자와 함께 신재생발전 분야에 대한 규제를 완화하는 방안도 추진하겠다고 밝혔다. 변 팀장은, "우선 자가용 태양광의 경우 대형 프로슈머의 시장 참여를 확대할 것"이라며 "그동안 연간 생산전력의 50%만을 전력거래소에 판매할 수 있도록 제한하던 것을 100%까지 판매할 수 있도록 허용하기로 했다."고 말했다. 건물 전기요금의 상계에 활용할 수 있는 태양광 설비의 용량도 50kw(17가구 수준) 이하에서 1000kw(300가구 수준) 이하로 20배 확대했다. 상계제도는 건물에서 태양광발전으로 생산한 전력을 자가소비하고 남을 경우에 별도로 계량해둔 뒤 전기요금을 차감해주는 제도다. 50~1000kw 규모의 초대형 건물에 대해 상계제도를 적용할 수 있게 되니 신재생 투자가 확대될 것이다.

또한 에너지저장장치에 대한 기업 투자를 늘리기 위해 활용촉진요금제의 적용기한을 기존 1년에서 10년으로 대폭 확대하기로 했다. ESS 활용촉진요금제는 기업이 ESS를 활용해 전기요금을 절감한 만큼 추가로 더 할인해주는 전용요금제도다. 그동안 적용기간이 1년에 불과해 기업들이 투자를 해도 투자비를 회수할 수 없다는 문제가 제기돼 왔으나, 이번 적용기한 확대를 통해 기업의 ESS 투자회수기간이 10년에서 6년으로 단축될 것이다.

대용량 태양광발전은 '땅도둑'인데

미세먼지 없다, 이산화탄소 없다, 머잖아 전기요금도 원전이나 석탄발전 수준으로 낮아진다, 신재생이 일으키는 에너지혁명에 산업혁명도 동반되니 숱하게 새로운 산업을 불러오며 산업기반을 재편한다, 세계의 큰손들이 퍽퍽 투자를 한다, 한국 정부도 신재생발전소 건설에 2020년까지 30조 원을 투자하고 각종 규제를 풀어주고…….

원자력발전 마피아들이나 석탄발전 마피아들이 아니라면 인간은 누구나 두 팔 벌려 환영할 경사 중의 상경사다. 나, 석탄도 대환영이다. 다만 한 가지, 나, 석탄은 질문이 생긴다. 수학 실력이 형편없는 나로서는 계산할 재간이 없는데, 그래도 나, 석탄이 당당하게 던지는 질문은 이거다.

"모든 아파트 옥상에, 모든 공공건물의 옥상에, 모든 빌딩의 옥상에, 모든 주택의 지붕에, 그리고 정수장 위에, 하수처리장 위에, 도시철도기지 위에, 심지어 아파트나 주택의 베란다까지, 이 모든 공간에 몽땅 다 태양광발전 설비를 설치한다고 하자. 그렇게 하면 과연 얼마나 많은 전력을 생산할 수 있나? 그 전기에 대한 요금, 그 전력 생산을 위한 보조금 지원, 이런 문제는 '돈 문제'니까 덮어두기로 하자. 도대체 그 모든 공간에서 생산하는 전력량이 얼마나 된다는 거냐? 그것으로 '서울의 몇 안 되는 공장'은 따로 제쳐놓더라도 서울시민이 소비하는 전력량에 대해서는 어느 수준까지 감당할 수 있나?"

이 질문에 대한 어떤 수치가 있긴 있다. 곧 나오지만, 나를 실망시키는 것이었다. 나의 실망은 서울시민, 한국 국민의 실망이 될 수밖에 없다. 미관? 이건 목숨을 건진 다음의 일이니까, '킬링 코올'부터 제거한 다음의 일이겠지. 한국 정부가 석탄화력 500MW 규모 26기에 해당하는 신재생발전소를 건설하고 2.3GW 규모 태양광발전과 해상풍력을 2029년까지 계획대로 다 건설해도 신재생의 발전능력 비율이 20.6%(현재 7.6%)밖에 안 된다는데……

태양광발전에는 심각한 문제가 없나? 그래, 나를 태우는 석탄발전이 '하얀 석탄'을 실행하기 전까지는 미세먼지와 온실가스 배출 총량에서 15% 내지 20%의 상당한 점유율을 보여야 하고, 이것이 가동 중인 '구식(舊式) 석탄발전'의 가장 심각한 문제라고 한다면, 환경운동가들의 열렬한 사랑을 받는 가운데 인간사회에서 두루 각광을 받는 태양광발전에는 심각한 문제가 없나? 현재 태양광발전은 거의 치명적인 문제를 전혀 갖고 있지 않나? 그것도 태생적인……

2016년 7월 27일 한국원자력신문에 태양광발전 신도들이 반드시 알아야 할 계산이 출현했다. 양재영 한전전력 국제원자력대학원대학교 교수의 특별기고 「CO_2 배출하지 않는 원자력발전: "유일한 선택이다"」 뒷부분이다.

원전 유지 여부는 우리의 선택과 의지의 문제라고 주장하는 사람들이 있다. 이 주장의 현실성을 살펴보기 위해 2016년 현재 24기 21.766GW의 설비용량을 가진 우리나라 원전을 태양광발전으로 대체할 때 필요한 면적을 계산해보자. 전제는 발전량을 원전과 동일하게 맞추는 것이다.

발전량은 설비용량에 가동률을 곱해서 구한다. 원전의 가동률은 약 90%, 태양광발전 가동률은 지역편차가 커 우리나라에서는 12% 정도지만 최신 기술을 적용하면 16.5%까지 늘릴 수 있다고 한다.

우리나라 태양광발전 수출 1위 기업 OCI사가 미국 텍사스에 건설한 알라모-4 최신 태양광발전소는 2.4㎢ 부지에 설비용량 39MW이다.

태양광발전 가동률을 12%로 할 경우 우리 원전 전부를 태양광발전으로 대체할 때 필요한 면적은 1만45.8㎢이고 가동률 16.5%의 경우는 7306㎢이다. 경기도 면적이 1만184㎢이니 그만한 땅을 태양광 모듈로 뒤덮어야 한다. 이런 엄청난 사회적 비용을 감당할 방안이 없다면 '원전을 없앤다'는 주장은 무의미하다.

얼마 전 한 탈핵인사가 우리나라 건물 모두에 태양광 모듈을 설치하면 원전을 없앨 수 있다는 주장을 했다. 이 역시 현실을 도외시한 주장이다. 국토교통부가 발표한 2014년 말 현재 전국 건축물 연면적은 3451km²에 지나지 않기 때문이다.

2015년 4월, 18명의 세계적인 환경 석학들이 발표한 신환경선언(An Eco-modernists' Manifesto)은 고밀도의 클린에너지원인 원전을 공개적으로 지지하면서 신재생에너지라 하더라도 그 설비 설치에 따르는 새로운 환경 부담을 신중하고도 종합적으로 평가해야 한다고 했다.

또 국제에너지기구(IEA)는 세계 평균기온 상승을 산업화 이전 대비 2℃ 이하로 제한하기 위해서 2040년까지 현재 세계 원자력발전량의 2배 이상인 862GW가 더 필요하다고 전망했다.

물론 원전 안전에 대한 신뢰 없이 이뤄질 수 없는 선언이며, 전망이다. 그러나 해야 할 일을 미룬다고 그 일이 해결되지는 않는다. 정부는 산업부담을 우려해 산업부문의 온실가스 감축을 12%로 제한했다.

정부 스스로 자신의 발목에 족쇄를 채우고서야 국민 건강과 생존에 직결된 온실가스 문제를 해결할 방법이 없다. 온실가스 감축을 위해 총발전량의 60%를 공급하는 화석연료 발전을 줄여야 하고, 신재생에너지 공급이 이를 대체할 수 없다면 선택은 CO_2를 배출하지 않는 원자력발전밖에 없다.

국토는 좁고 산지가 70%인 한반도, 육상풍력자원이 독일의 25분의1에 지나지 않는 우리 자연환경에 맞는 에너지정책 전환이 필요한 이유다.

원자력발전소 설비용량을 현재보다 2배 이상 더 늘리라는 국제에너지기구의 주장에 대해서는 따로 따진다하더라도, 대용량 태양광발전에 필요한 그 엄청난 대지를 어떻게 감당하나? 그것은 한마디로 '땅도둑'이다. 이 비좁은 국토를 태양광 모듈로 거의 다 덮어야 하나? 건물에 한다? 2014년 말 현재 전국 건축물 연면적은 3451㎢에 지나지 않는다는데? 독일? 독일은 땅도 우리보다 넓은데다 평지가 대부분이고 바람을 써먹기에도 우리보다 25배나 더 유리하다는데? 이것이 한국 태양광발전과 풍력발전의 아킬레스건이다. 풍력이 바다로 나가고 있는데 거기는 거기대로 또······.

냉정하게 따지고 똘똘하게 살펴야 한다.

TV토론 2부: 태양광발전, 서울시를 시커먼 패널로 다 덮을래?

바람직한 에너지정책 수립을 위한 텔레비전 생중계 토론, 제2부. 태양광 신도들의 대표와 석탄발전 신도들의 대표가 맞붙고 있다. 나, 석탄은 흥미롭게 지켜보는 중이다. 인간들의 어떤 토론도 그러하지만, 윤리적으로 우위에 있다고 스스로 믿는 자는 언제나 우쭐거리는 태도를 감추기 어렵다. 이건 공격과 수비의 형식으로 표출된다. 토론은 '태양'의 선공으로 막을 올렸고, 그것이 맹렬하고도 제법 길었다. (그 거센 공격에 대해 미국 대통령 당선자 도널드 트럼프처럼 흥분하지 않은, 시종일관 묵묵히 끝까지 참고 들어준 '석탄' 대표에게 이 자리를 빌려 감사와 치하의 뜻을 전한다.)

지금, 결론에 이르고 있다.

이봐, 석탄발전. 영국에서 시작된 산업혁명 이후에 석탄이 인류문명과 경제풍요에 기여한 지대한 공적은 인정하는데, 그러나 이제는 자네가 인간들에게 제공했던 그 모든 것을 상쇄해버릴 지구온난화, 미세먼지 문제의 주범이 됐지 않나? 그럼에도 불구하고 앞으로 120년 동안은 더 인간을 위해 불태워질 수 있다고 큰소리치는데, 120년 후에 지구의 엄청난 면적이 바다에 잠겨버리면, 그 대재앙은 어떻게 한단 말인가?

바다도 지구인데, 이렇게 말하면 안 되겠지? 그 말은 결국 인간중심으로 하는 것이고, 우리도 지금 인간중심으로 애기를 나누고 있으니, 인간중심으로 판단한다면, 그것은 분명히 대재앙이니 인간들이 반드시 예방해야 하는 거지.

그래서 나는 태양광발전이 인간 에너지의 구세주라는 거야. 원자력발전은 언제 어디서 무시무시한 사고를 칠지 모르니 안 된다는 거고, 석탄발전은 이미 온실가스의 대명사에다 미세먼지의 주범으로 판명 났으니, 안 된다는 거야.

이보게, 태양광발전. 지금까지 열심히 들어줬는데, 내가 말해도 되겠나?

당연하지. 여긴 지하세계가 아니야. 발언의 권리를 공정하게 나눠가진 민주적 토론의 장이란 걸 깜박 잊었나?

그랬던 모양이야. 고마워.

별 말씀. 할 말이 있긴 있어?

('태양광' 대표의 냉소를 받아 한숨을 깊이 들이쉰 '석탄' 대표의 목소리에 갑자기 힘이 붙는다.)

이봐, 태양광 발전. 너도 이미 다 알잖아? 몰라?

뭘?

치사하게 돈 얘긴 집어치우겠어. 지금은 너의 전기요금이 원자력이나 석탄화력보다 두 배 이상 더 비싸고, 그래서 FIT 같은 요상한 제도를 만들어서 시민세금으로 너를 더 육성하기 위해 안간힘을 짜내고 있다는 사실도 다 덮어두겠어.

그건 이 나라의 평범한 시민도 알고 있을 텐데 뭘 그렇게 너그러운 관용을 베푸는 척 하시나?

그래? 이 나라에는 전기요금을 두 배나 올려서 거의 몽땅 태양광발전으로 몰려가자고 하면 반대할 시민이 많은데, 그래도 발전차액지원제도까지 잘 아는 똑똑한 시민도 많은 모양이군. 요샛말로 스마트 시티즌, 뭐 그런 거지.

그런데 너는 내가 뭘 다 안다는 거야?

아, 물어보지. 쉬운 거야. 현재 대한민국에 원자력 발전량이 많은가, 석탄화력 발전량이 많은가?

그건 너지, 너는 피크전력 기여도에서도 제일 앞선다고 뻐기잖아.

뻐기는 건 아니고, 수치가 그렇게 말해주는 거지. 자, 잘 들어. 현재의 원자력 발전량을 오늘 당장에 태양광 발전

109

량으로 대체한다고 가정해 보자. 현재 너는 가동률이 평균 12%니까, 현재를 그대로 적용하면 경기도 전체를 태양광 모듈로 덮어야 한다는 것을 알고 있나? 물론 경기도의 한 귀퉁이는 남을 거야.

야, 그건 너무 극단적이잖아. 한꺼번에 그렇게 할 수는 없잖아.

그렇게 당황하지 마. 석탄발전이 원자력발전보다 발전량이 훨씬 더 많으니까, 그러면 오늘 당장 '원전 제로'에다 '석탄발전 제로'까지 선언하고 실행하자면, 한반도 남한에서 경기도 면적의 두 배보다 더 넓은 지역을 시커먼 태양광 모듈로 다 덮어야 하는데, 거기에 대해 이 나라 국민이 박수를 보내겠나 결사반대 데모를 벌이겠나?

극단적인 비유를 계속하시네.

비유도 아니고 수학도 아니고 이건 그냥 초등학교 산수야. 2013년 기준으로, 독일은 면적이 약 35만 7천제곱킬로미터에 8천110만 명 정도가 살고, 남한은, 그러니까 대한민국은 면적이 세계 109위로 약 9만9천720제곱킬로미터에 4천900만 명 정도가 살아. 더구나 한국은 산이 70%고 독일은 대부분이 평원이야. 독일은 노는 땅덩어리가 대한민국 전체 땅덩어리보다 더 넓을 수도 있어. 인구당 면적만으로 비교하면, 독일이 놀리는 땅덩어리가 대한민국 전체 면적보다 더 넓어야 계산이 맞잖아? 물론 독일은 돈도 대한민국보다 엄청나게 많고, 독일 국민은 청정에너지 하자고 전기요금 더 내고 세금 더 내는 문제에도 너그러운 편이지. 그런데 한국은 뭐든 독일 기준이야? 물론 좋은 거는 배우고 따라가려 해야지. 그렇다고 태양광발전을 위시한 신재생발전에 '올인'하겠다는 것까지 무조건 따라갈 수야 있겠어? 오늘 당장 그렇게 하고 싶어도 태양광 패널 덮을 땅이 너무 부족하잖아? 독일보다 더 널리 접한 거라고는 삼면의 바다인데, 삼면의 바다에다 덮어? 바다 생태계는 어쩌나? 산에 덮으면 녹색파괴, 바다에 덮으면 생태파괴, 이런 비난을 태양광발전이 덮어써야 하니 '태양광발전은 무조건 청정에너지다'라는 홍보선전은 말짱 위선이지.

그러니까 지붕, 옥상, 시골 마을, 이런 데를 먼저 하고 있잖아.

그래, 바로 그거야. 지붕, 옥상, 작은 공간, 뭐 이런 데다 많이 많이 늘리라는 거야. 그래서 대용량은 자연파괴가 심하니까 욕심 내지 말고, 가정단위, 마을단위, 공동주택단위, 공공건물 단위로 그렇게 작게 작게 가라는 거야. 가랑비에 옷 적는다, 이게 태양광발전이 나아갈 모토가 돼야 한다고 충고해주고 싶어. 작게 작게 작게, 그러나 작게가 모여서 발전총량의 10%, 20%, 30%를 차지한다. 이렇게 가야지. 그날을 앞당겨 오게 해야지. 가정용, 마을단위, 건물단위 중심으로 가란 말이야. 그래도 도시, 특히 대도시는 벅차지. 서울시가 태양광발전을 장려하는 정책을 쓰고 있잖아? 물론 좋은 정책이지. 그러나 서울 시가지 모든 건물의 옥상을, 한강 위를, 잠실체육관 위를, 롯데월드의 동남서향 삼면의 벽을, 촛불 들고 모이는 광화문 광장을, 시청 앞에 데모하고 공연하는 광장을, 경복궁 지붕을, 북한산 삼각산 인왕산 전체를, 학교 운동장 위를, 철도차량기지 위를, 자, 이 모든 공간에다 태양광 패널을 덮어씌운다고 생각해봐. 헤이, 당신, 위대하고 깨끗한데다 지구를 너무 사랑하는 나머지 개인의 가스 배출을 최대한 줄이려고 방귀도 참고 사는 태양광발전 신도들의 대표여. 태양광발전으로 서울이라는 도시의 공기를 깨끗하게 유지하기 위해서 서울이라는 도시를 온통 시커멓게 뒤덮을 수 있겠어?

(태양광발전 신도들의 대표가 잠깐 대들었는데, 나, 석탄은 웃느라고 그의 말을 듣지 못했다. 내가 웃음을 진정할 때는 사회자가 시청자 한 사람을 불러냈다.)

TV토론 2부 계속: '하얀 석탄'의 실상이 나타나다

(검정 안경테가 학자풍을 물씬 풍겨주는 중년이다. 사회자가 자기소개를 부탁하니까 에너지 연구원이라 했고, 며칠 휴가를 얻어서 산장에서 힐링을 하는 중인데 용케도 발언 기회를 얻게 되었다며 자못 감격해한다.)

"이 산장의 지붕에 태양광발전이 장착돼 있어요. 이건 '굿'이라고 생각합니다. 그런데 석탄 대표는 왜 자꾸 온 산천, 온 도시를 시커멓게 덮어씌워야 하는 패널 얘기에만 치중하나요? 원전 얘기는 어제 토론에서 다뤘으니 됐고, 그러면 석탄발전 얘기를 해야지요. 어제 보니까 여성 시청자 한 분이 기사를 들고 나와서 의견을 개진하던데, 저도 그럴 생각입니다. 자, 읽어드리겠습니다."

(사회자는 순간적으로 난감한 표정을 지으면서도 제지하진 않는다. 연구원은 똘똘하게 읽는다.)

"국산 기술로 설계·제작·건설한 두 번째 1GW급 초초임계압(USC) 석탄화력발전소가 내년 6월 준공을 목표로 종합 시운전에 들어갔다. 중부발전은 2016년 8월 2일 충남 보령시 주교면 신보령화력건설본부에서 임직원 및 협력사 관계자 100여 명이 참석한 가운데 신보령 2호기 보일러 최초 점화식을 가졌다.

신보령 석탄화력은 표준원전과 설비용량이 동일한 1GW급 대형발전소로 1호기는 2016년 하반기, 2호기는 2017년 6월 각각 준공하고 상업운전을 시작할 예정이다.

정부의 1GW USC화력발전 상용화 기술개발 실증사업으로 건설돼 44.14%의 발전효율과 ㎠당 265kg 세계 최고 보일러 압력을 자랑한다. 기존 동일용량 발전소 대비 연간 26만 톤의 연료절감 효과와 40만 톤의 이산화탄소 감축효과가 있다.

물이 증기로 변하는 임계압(㎠당 225.65kg, 374℃) 이상의 증기를 사용하는 USC는 기존 초임계(SC)에 대비해볼 때 효율이 높아 같은 양의 전력을 생산하면서 연료는 적게 쓰고 온실가스도 줄일 수 있다.

신보령 1, 2호기는 두산중공업이 국내기업 최초로 개발한 USC설비를 장착했으며, 전체 건설비의 30%를 환경설비에 투자해 환경성도 획기적으로 개선했다. 한편 2017년 6월 준공 예정인 신보령 2호기는 이날 최초 점화를 기점으로 본격적인 시운전을 시작했다. 최초 점화는 통풍·연료공급·냉각수 등 각 계통의 정상가동을 완료한 뒤 연료를 투입해 보일러부의 정상 작동 여부를 확인하는 단계다.

앞서 2016년 2월 이 발전소는 보일러 용접시공의 건전성을 확인하는 수압시험을 국내 최대 압력인 ㎠당 441kg으로 단 한 번의 시도 만에 성공한 바 있다. 곽병술 중부발전 기술안전본부장은, "국내 순수 기술로 처음 개발한 대용량 USC화력발전소인 신보령 1, 2호기의 성공적 준공을 통해 해외시장 진출의 초석을 다지겠다."고 말했다.

이상은 이투뉴스 이상복 기자의 2016년 8월 3일자 기사를 읽어드린 것입니다."

(검정 안경테의 학자풍 연구원이 얼굴을 똑바로 세운다.)

"그런데 말이지요, 여기에다 미세먼지, 이산화황, 이산화질소, 그러니까 삭스, 녹스를 완전 잡아내고, 이산화탄소, 그러니까 지구온난화의 주범이라는 온실가스까지 완전 따로 포집해서 빼돌리는 기술과 설비를 석탄화력발전소에 다 장착하면, 그래도 석탄화력발전소가 미세먼지와 온실가스 배출의 주범이라고 할 수 있겠습니까? 저와 같은 엔지니어로서는 우리 국민이 그런 기술과 설비 발전의 정보에 무관심한 것이 더 심각한 문제라고 생각합니다. 또한 엔지니어들, 연구원들도 사실에 근거한 정보공개를 더 적극적으로 해야 한다고 생각합니다. 그래야 올바른 국민여론이 형성되고, 그래야 정부나 국회가 올바른 에너지정책의 방향을 잡게 되고, 그에 따라 세금투입의 방향과 규모도 올바르게 세울 수 있게 된다고 생각합니다. 이상입니다."

나, 석탄은 주책없이 눈물을 흘릴 뻔했다. 한 엔지니어의 발언이 불러온 '하얀 석탄'의 실상이 바로 눈앞에 어른거리고 있었다. 시청자들도 사회자도 두 출연자도 그것을 보지 못했다. 나, 석탄, '하얀 석탄'을 그려온 내 눈에만…….

"태양광발전 결사반대!"

"결사반대!"

본디는 비장미가 넘쳐야 하는 말인데, 1980년대 한국에선 끔찍하게 들리기도 했었다. 그러나 21세기 한국에선 그저 밋밋해진 말이다. 전국 어디서나 집단적 반대의사의 대명사로 굳어진 탓이다.

그런데 재밌는 일도 다 있다. 나, 석탄은 처음 그것을 보고 들은 자리에서 눈과 귀를 의심할 지경이었다.

"원자력발전소 결사반대!" "핵폐기장 결사반대!" "방폐장 결사반대!" "화장장 결사반대!" "요양원 결사반대!" "석탄 발전소 결사반대!"…….

한국 땅에서 나, 석탄은 온갖 종류의 무수한 '결사반대'를 보고 들었다. 그러나 이것만은, 나, 석탄, 맹서컨대, 최소한 수만 년의 나이를 먹었으나, 최근 들어, 처음으로 보고 들었다.

"태양광발전 결사반대!"

2016년 가을에 보고 들은 두 가지 사례만 살펴봐도…….

2016년 5월 27일 어느 태양광발전업체가 산업통상자원부 전기위원회로부터 포항시 북구 신광면 호리 용연저수지에 사업비 약 93억 원이 들어가는 설비용량 4천70kw의 전기사업허가를 받았다. 저수지의 소유주는 한국농어촌공사, 공사 면적은 4만3천378㎡.

2016년 가을 들어 그 사업은 환경청의 환경영향평가와 포항시의 문화재지표조사를 남겨두고 있으며, 법적 검토 후 문제가 없으면 포항시 도시계획위원회의 심의를 거쳐 최종 결정된다. 포항시 관계자는 "국토계획법상 공작물 설치와 관련된 개발행위 허가를 신청해 놓은 상태"라며 "법적으로는 별다른 문제가 없어 보인다."고 말했다. 그러나 해당 지역 주민들의 모임인 '수중태양광발전시설반대대책위원회(이하 대책위)'에서는 반대 입장을 분명히 나타냈다. 대책위와 주민들의 "결사반대"는 이렇다.

포항지역에서 아름답고 호젓한 곳의 하나로 꼽히는 용연저수지 주변의 경관을 크게 훼손하게 된다, 용연저수지는 흥해 지역의 농업용수로 쓰이는데 태양광발전시설물이 수중에 설치되면 그 무게만큼 저수지 담수 용량에 지장이 생겨 갈수기 농업용수 공급에 큰 차질이 생긴다, 흥해읍 양백정수장에서 용연지 하류 곡강천을 취수해 상수원으로 사용하고 있어 발전시설이 설치될 때는 식수 오염 및 공급에도 차질이 생긴다, 20여 년 전에 포항시에서 지정해준 '매운탕단지'의 30여 가구는 일제히 폐업 위기의 타격을 받게 된다, 용연저수지가 천연기념물 제201-1호인 고니를 비롯한 각종 겨울 철새 도래지라는 사실도 결코 간과해서는 안 되는데 만약 저수지를 몽땅 시커먼 패널로 덮어버리면 철새들이 패널을 쪼아 먹으며 겨울을 나야 한단 말인가……. 그럼에도 불구하고 주민들의 반대의견에 뒷짐만 지는 포항시와 수익성 사업만 바라는 한국농어촌공사는 뭐냐? 이러니 우리는 "태양광발전 결사반대!"다.

나, 석탄은 주민들의 사정이나 경관 훼손도 훼손이지만 철새들 이야기에 특히 가슴이 짠안한데, 이 결사반대야말로 '태양광발전의 단점과 한계'를 극명히 드러내 보이는 것이다. 4천70kw 전력을 생산하기 위해 아름다운 저수지 하나를 덮어야 하다니, 녹색파괴를 피해보자고, 정부의 신재생전력 지원 프로젝트를 실제 비즈니스로 연결해보자고 패널을 저수지 물 위에다 설치하기로 했을 테지만, 이것저것 덮어두고, 한국의 원자력발전과 석탄발전을 모조리 태양광발전으로 교체하려면 경기도와 경상북도를 몽땅 시커먼 패널로 덮어야 할 것이며, 서울시가 소비하는 전력을 몽땅 태양광발전으로 충당하려면 모든 건물의 옥상을 몽땅 시커먼 패널로 덮어도 턱없이 모자라고 북한산과 한강을 몽땅 시커먼 패널로 덮어도 한참 모자랄 것이라고 이미 짚어봤으니 새삼 그 장면을 돌이켜보면 된다.

나, 석탄은 새로운 걱정거리가 점점 무거워지는 느낌이다. "태양광발전 결사반대!"가 시골 동네의 진풍경으로 자리 잡는 게 아닌가 하는 우려를 떨칠 수 없는 탓이다. 2016년 가을에는 포항 송라면에도 그게 응원 깃발로 걸렸다. 경북 지역만 살펴봐도 적지 않았다. 영양군, 봉화군, 영주시, 문경시 등 여러 동네에서 태양광발전이 갈등을 일으켰다.

또 하나의 사례는 '태양광발전'에 딸린 '돈의 혜택'이 야기하는 문제다. 태양광발전에는 정부의 지원금도 있고 전기요금 보조도 있다. 이것은 전기사업자의 욕망을 자극할 수밖에 없다. 역시 2016년 가을에 터진 것인데, 경북매일신문 10월 24일자 사회면에 다음과 같은 기사가 있었다.

경주시가 북쪽 방향(陰地) 급경사지에 태양광발전소를 허가해 재량권 일탈 및 남용의 위법이 있다며 주민들이 집단 반발하고 나섰다. 2016년 10월 23일 경주시에 따르면 지난달 6일 안강읍 육통리 임야 4만3천636㎡(임야 대장상 면적)를 임의 분할해 태양광발전사업의 선행단계인 전기사업(발전)허가를 했다. 이곳 태양광발전소 건립 예정지의 반경 500m 이내에는 48가구의 주거 밀집지역이고, 한우와 젖소 등 2천66두의 가축을 사육 중이다. 특히 반경 100m 안에는 무려 823두의 가축이 사육되고 있다.

주민들은 흥분했다.

"태양광발전이란 빛에너지를 변환시켜 전기를 생산하
는 것인데, 전기사업허가가 난 이곳은 토지의 형상이 북쪽
을 향하고 있고 정상부(100m)에서 하단부 부지경계까지
(60m)는 표고차가 40m나 돼 빛에너지를 전혀 얻을 수 없
다. 경주시가 전기를 생산할 수 없는 장소에 태양광발전소
허가를 해주었다. 어떻게 이럴 수가 있나?"

어처구니없어 보이는 허가에 대해 경북매일신문은 11월
1일 사설을 통해 호된 비판도 했다.

국민의 세금으로 녹봉을 받는 공무원은 당연히 국민의 뜻
에 맞는 행정을 해야 할 것인데 '공무원의 마음'에 맞춘 행
정이 적지 않다. 주민들이 "그렇게 하면 안 된다" 하는 일을
관청이 강행하다가 집단반발에 부딪히는 일은 흔히 '관청
과 업자의 결탁'을 의심케 하는 부분이다.

경주시가 음지에 태양광발전 사업을 허가해준 것과 관련
해 지역 주민들이 시와 시의회에 허가취소를 요구하는 민
원을 제기했다. '음지의 태양광발전'은 상식을 벗어나도 한

참 벗어났다. 환경단체 관계자는, "최근 산업통상자원부가 장수군의 풍력단지 조성 허가와 관련해 전기위원회 심의 과정에서 난개발 방지와 지역주민들의 반대를 이유로 불허 처분한 것을 경주시는 교훈으로 삼아야 한다."고 했다. 경주시가 상식 이하의 행정을 고집스럽게 밀어붙이는 이유를 알 수가 없다.

그 동네에서 나, 석탄은 참으로 가관이라 할 수밖에 없는 광경도 목격했다. '환경연합'이라는 단체의 명칭을 사칭한 〈태양광발전소 건립 안내 홍보전단〉이 주민들에게 대량 발송된 것이었다. 정체불명의 모호한 단체 명의를 찍어붙인 그만큼 그 내용이 다분히 불순했거니와, 심지어 주민 간의 불신을 조장하고 분열을 꾀하는 꼼수도 담고 있었다.

"태양광발전 결사반대!"—이것을 유발하는 하나의 원인인 '결탁형 부패증상'이야 인간의 윤리의식과 엄격한 관리 시스템으로 어느 정도 극복할 수 있을 테지만, 가령 작게는 농업과 자연경관과 철새들을 몹시 걱정하게 만드는, 아담하고 호젓한 호수마저 시커멓게 덮어야 하는 태양광발전의 태생적인 단점과 한계는 어떡하나?

석탄의 묘비명

인간의 모든 활동에는 에너지와 함께 돈이 들어간다. 독일 정부는 한국 정부보다 훨씬 돈이 많다. 까짓, 태양광발전에 보조금도 지급하고 전기요금도 올려가면서 원자력발전도 없애고 석탄발전도 없애서 신재생발전의 낙원을 만들겠다고 한다. 그 풍요, 그 정책이 참 부럽다. 지구의 모든 나라가 그렇게 해주면, 나, 석탄이야말로 감격의 눈물을 흘리며 조용히 땅속으로 들어가겠다. 생각해 보라. 인간이 정녕 두려워하는 것은 '죽음'이다. 불교에서 힌두교에서 왜 그렇게 '해탈'을 지상과제로 삼겠나. '죽음'을 평화롭게, 자유롭게, 그야말로 생의 한 절차로서 고요하게 받을 수 있어야 한다는 것이다. 나, 석탄도 그렇다. 인간사회가 이대로 가게 되면, 지금과 같이 화석연료에 의존하며 살아간다면, 석탄이 석유보다 더 버티다가 지구에서 없어지게 된다는데, 길어야 앞으로 120년 뒤에는 석탄의 씨가 마르게 된다는데, 다시는 지구에 돌아오지 못할 나의 그 예고된 운명에 대해 내 기분은 어떠하겠나?

120년이면 길지 않느냐고? 그래, 한 인간의 수명에는 초장수다. 당신은 이미 최소한 수만 년이나 지구에 존재하지 않았느냐고? 그러니 그만 자리를 내줄 때가 오지 않았느냐고? 그래. 나, 석탄, 존재할 만큼 존재했으니 미련을 두지 않겠다. 그것도 지구를 지배하는 인간을 위해 끊임없이 '태워져야' 하는, 증기기관을 발명한 녀석들의 제1차 산업혁명 이후의 그 운명에 대하여 나는 얼마든지 슬퍼하지 않을 수 있다. 실제로 슬퍼하지도 않았다. 나를 파내는 광산에서, 나를 태우는 공장에서 악덕 자본가들이 불쌍한 노동자들을 착취하는 '역겨운 꼬락서니'를 수없이 목격했지만, 그래도 나를 대량으로 태울 줄 몰랐던 그 이전의 세월과 비교해보면 굶어죽고 얼어죽는 아이들의 숫자가 자꾸만 줄어드는 '즐겁고 기쁘고 찬양할 모습'을 또한 목격했기 때문이다. 때마침 '역겨운 꼬락서니'를 무찌르고 말겠다는 인간들이 자본가들을 위협할 만한 수준으로 세력을 키우고 있었으니, 나, 석탄은 그 구경만으로도 재미가 쫀득쫀득했다. 마르크스, 엥겔스, 그리고 그들의 세력이 막강했잖아?

제1차 산업혁명의 그날부터 무려 250년 넘게 그저 덤덤히 '태워지고 또 태워진' 나, 석탄. 그 기간 내내, 나, 석탄이 인간에게 무슨 항의를 한 적이 있었나? 없었다. 그러나 더는 참을 수 없다. 인간들이 나를 태워서 호의호식의 근간을 마련해놓고는 이제 와서 '지구온난화의 주범'이니 '미세

먼지의 주범'이니 하며 '더티 에너지'를 넘어 '킬링 코올'
이라 불러댈 태세니까, 더 이상 어떻게 참나?

마침내 내 이름은 바뀌어야 한다. '하얀 석탄', '화이트
코올'이라 불려야 한다. 앞으로 나에게 남아 있는 120년 동
안은 '하얀 석탄'으로 불려서 나의 묘비명에 그렇게 새겨져
야 한다. 한 인간에게는 120년이 인생 전체에다 큼직한 덤
까지 얹은 것으로 보일 테지만, 나, 석탄, 최소한 수만 년을
존재해온 나에게 120년이란 길어야 열두 달, 심지어 열이
틀처럼 생각되기도 한다. 그래서 나는 미리 묘비명을 생각
해본 것이다. 120년 뒤, 지구에서 영구히 사라진 석탄의 묘
비명, 나, 석탄, 몰래 적어두었다.

태워졌노라, 굶주리고 헐벗고 얼어붙은 아이들을 구했노
라, 마침내 온실가스를 극복한 '하얀 석탄'으로 하얗게 연기
처럼 사라졌노라.

전기차는 마냥 즐겁나?

"독일 상원이 2030년부터 내연기관 자동차를 금지하는

결의안을 통과시켰다." 이 뉴스를 한국인은 2016년 10월 20일 들을 수 있었다. 내연기관 자동차, 이건 휘발유나 경유나 가스를 태우는 자동차를 말한다. 전기차는 좀 복잡한 내연기관이 없다.

세계 전기차 시장은 급속도로 확장 중이다. 2015년 중국의 전기차 판매량은 전년에 비해 188%로 성장했다. 대나무처럼 수직 성장이다. 판매는 총 12만1천 대 정도. 같은 기간 유럽에서도 전년에 비해 50.4%라는 괄목할 성장을 이루었다. 판매는 총 10만 대 이상. 한국은? 2016년 9월 말 기준, 전기자동차 등록대수가 8천168대. 2015년보다 2천401대 늘었다. 29.4% 성장이다. 중국에는 비교가 안 되고 유럽에도 훨씬 못 미치는 성장속도다. 미세먼지 종합대책으로 2016년에 1만 대를 보급하겠다고 큰소리 쳤던 환경부의 목표는 9월 현재 4분의1에도 못 미친다. (나, 석탄, 할 말 있다. 이런 목표 하나도 못 채우면서, 환경 관련 공무원만 잘 따르게 해도 될 텐데, 자꾸 석탄발전 탓만 내놓나.)

전기차 성장속도에서 세계적 추세를 못 따라가는 한국. 여기엔 그만한 사정이 있다. 한마디로 정부와 자동차 생산업체들의 공동책임이다. 내연기관 자동차를 공짜로 선물받았다. 주유소가 없으면? 애물단지에 불과하다. 한국에서 전기차는 충전 인프라가 지지부진해서 제대로 성장할 수 없다. 사정들은 더 있다. 정부와 지자체의 보조금이 미미하고, 세계적인 자동차 브랜드가 경쟁적으로 내놓는 신형 전기차에 비해 한국산 전기차는 주행거리 등 실용적인 면에서 아직 실력이 딸린다.

전기차에 대한 세계인의 관심은 높다. 연료비를 획기적으로 절약하고, 소음과 진동이 없고, 엔진오일을 교체할 필요가 없다. 오우, 더 멋진 것은 전기차의 제로-에미션(Zero-Emission)이다. 차가 달리는 중에 전혀 오염물질을 배출하지 않는다는 말이다. 친환경 자동차, 오, 마이 그린 카아. 온실가스, 미세먼지로 골머리 썩이는 정부나 시민에게 정말 고마운 '새로운 발'이 굴러왔다.

그런데 어쩌나? 전기차의 역설이 있다. "전기차가 환경을 더 망칠 수도 있다."라는 경고들이다.

어느덧 인간은 자동차 없이는 못 산다. 인간에게 속도와 소통의 편리를 제공한 내연기관 자동차도 역설을 제공했다. 대기오염, 미세먼지, 온실가스의 주요 공범으로 내연기관 자동차가 찍힌 것이다. 이래서 전기차는 태양광발전처럼 인간에게 사랑과 각광의 대상으로 떠올랐다. 이런 전기차가 '갱년기처럼 몸이 달아오른 지구의 원기를 회복시켜

줄 보약'이 될 자격으로는 치명적 결함을 갖고 있다니, 맙
소사, 안타깝도다.

전기차는 물론 아무리 달려도 오염 물질을 배출하지 않는
다. 내연기관에서 연료를 태워 에너지로 바꾸는 재래식 자
동차와 달리, 전기차는 발전소가 만든 전기에너지를 받아
쓰는 구조이다. 문제는 바로 여기다. '전기에너지'를 미리
받아둬야 한다는 것, 그것으로 반드시 충전해둬야 한다는
것이다.

"일반적으로 봐서 전기차가 석탄발전에 의존하면 전기차
의 친환경 기여율이 감소하고, 원자력 풍력 등 친환경 재생
에너지에 의존하면 전기차의 친환경 기여율이 상승한다."

아이도 이해할 말이다. 전기차를 충전할 때 석탄발전 전
력으로 충전하면 그만큼 석탄발전이 늘어나니까 결과적으
로 전기차의 친환경 기여율이 그만큼 감소하게 되고, 원자
력발전에 의존하거나 태양광 풍력 같은 친환경에너지에 의
존하면 전기차의 전력공급을 위해 친환경에너지 생산이 그
만큼 높아지고 전기차 자신도 오염물질을 배출하지 않으니
까 전기차의 친환경 기여율이 그만큼 높아진다는 것이다.

글쎄, 원자력을 친환경에너지라고 하니, 이 점이 좀 찝찝하긴 한데……

몇 년 지나긴 했어도 그때나 요새나 비슷한 형편일 텐데, 2008년 IEA 보고서의 화석연료 사용 부문별 CO_2 배출 비율 통계에 따르면, 세계에서 온실가스(CO_2) 배출량의 40% 가량을 차지하는 것은 발전 부문이었다. 중국, 인도, 미국 등 석탄발전소가 엄청 많은 나라들이 평균 40% 속에서 큰 비중을 차지했을 텐데, 그때 수송 부문은 22%에 두 번째로 나쁜 영향을 끼친다고 했다. 그러니까 세계적으로 당장에 내연기관 자동차를 모두 전기차로 대체한다 하더라도 모든 전기차들이 석탄발전에서 생산해내는 전기에 의존해야 한다면 석탄발전소를 더 건설해야 하니 석탄발전의 CO_2 배출량이 더 늘어날 수밖에 없고, 결과적으로 전기차 세상에서 온실가스 배출량이 오히려 더 늘어나게 된다.

그렇다면 새로 짓는 발전소를 모두 친환경 발전소로 한다면? 이런다고 해도 기존의 '낡은 석탄발전'을 그냥 둔다면, '하얀 석탄'으로 보강하고 교체하지 않는다면, CO_2 배출량이 줄어들 것도 아니다. 씨앤비저널 홈페이지에서 윤지원 제505호를 읽어보면, 전기차에 대한 씁쓸한 일화 같은 것을 확인할 수 있다.

전기차의 유해성 시비는 충전(어떤 전기를 쓰느냐)만이 아니다. 전기차에 들어가는 부품은 어떤가? 이건 친환경인가? 이런 주제를 연구하는 기관들이 있다. 2012년에는 노르웨이 공과대학의 「재래식 자동차와 전기 자동차의 환경성 비교를 위한 전과정평가(Life Cycle Assessment)」 연구가 이목을 끌었다. 이 연구는 배터리 제조에 쓰이는 코발트와 니켈 등 중금속의 악영향을 강조했다. 생산 단계에서 비롯되는 자원 고갈과 지구온난화 문제도 지적했다. 결론은 좀 끔찍한 것이었다. "전기차가 지구온난화에 끼치는 악영향은 재래식 자동차의 두 배"라고 했으니. 비판을 많이 받았다. 전기차에 불리한 결론을 유도하기 위해 편파적이고 과장된 가정을 전제하고 연구를 수행했다는 것이었다.

미국의 비영리단체 '걱정하는 과학자 연맹(UCS: Union of Concerned Scientists)'이 2012년 「충전의 나라: 미국 전역에 걸친 전기차의 온실가스 배출 및 연료비 절감 효과」라는 전과정평가 보고서를 내놓았다. 노르웨이 공과대학의 정반대 견해였다. 이것이 노르웨이 공과대학 연구팀의 논문을 반박하는 근거자료로 인용되었다.

뭐, 인간세상에 그런 일이야 다반사지. 원자력에는 '원전 마피아'가 있는 것처럼, 미국의 철도 교통망이 엉성한 이유에는 '자동차 마피아'가 있었던 것처럼, 전기차 시대의 도래를 막아보려는 노력이야 누구보다도 '석유 마피아'가 적극 나서지 않겠나. 노르웨이 공과대학과 석유 재벌기업 스태트오일(Statoil) 간에는 오랜 파트너십이 끈끈하니, 연구팀이 부적절한 연구방법으로 전기차를 모략하려 했다는 음모론적인 의혹이 제기될 수 있었다.

그런데 노르웨이의 전기차 실태는 노르웨이 공과대학 그 연구 결과에 대한 의혹제기를 비웃어 버린다. 노르웨이는 세계 8위의 원유 수출국, 9위의 정제유 수출국, 3위의 천연가스 수출국이다. 이러한 국내 사정을 고려하면, 내연기관 자동차가 전기차로 교체되는 속도가 매우 더디게 진행되어야 한다. 그러나 노르웨이는 세계에서 전기차 보급률이 가장 높은 편이다. 정부의 적극적인 주도에 따른 결과다. 노르웨이는 전기차에 소비세와 부가가치세를 면제한다. 주행세도 감면한다. 버스 전용차로의 통행이 허가되고, 고속도로 요금과 공영주차장 주차비가 공짜다. 보조금 규모도 크다. 이래서 노르웨이의 2015년 전기차 판매량은 전체 자동차 판매의 17.1%를 차지했다. 인구수 대비 전기차 보유율이 세계 최고 수준이다.

한국에서도 전기차에 대한 유사한 연구가 진행되었다. 씨앤비저널의 그 글이 잘 알려준다.

서울대 기계공학부의 송한호 교수가 이끄는 어드밴스드 에너지 시스템 연구실이 수행한 「자동차 온실가스 Life Cycle 데이터베이스 구축 및 분석」이라는 전과정평가가 있다. 이는 국내에서 친환경 자동차를 대상으로 최초로 수행한 전과정평가다. 방대한 데이터베이스를 구축해 앞으로 자동차 정책에 유용한 참고자료 역할을 할 의미 있는 연구다.

서울대 연구팀은 2011년 5월부터 2015년 4월까지, 원유 생산부터 차량 운행까지(WTW: Well-to-Wheel)의 전과정에서 배출되는 온실가스(CO_2, CH_4, N_2O)의 양을 연료별로 구분한 차량에 따라 평가한 데이터를 발표했다. 연료의 WTW 전과정이란 유전에서 바퀴까지, 즉 각 연료의 시추(생산)부터 수입, 석유 정제, 국내 분배, 저장 및 자동차 주유 후 주행을 위해 연소될 때까지의 모든 단계를 말한다.

전기차의 전과정은 연료의 국내 분배 단계까지 동일하고, 이후 발전소에서의 전기 생산, 생산된 전기의 송전, 충전 과정을 거쳐 자동차 운행에 쓰일 때까지를 포함했다. 특히 발전에 사용되는 다양한 연료별로 시추 후 각각의 발전소에

도착할 때까지의 전 과정에서 온실가스 배출량 측정을 모두 따로 수행한 후, 1GJ(기가줄)의 전기를 발전할 때 나오는 온실가스 배출량을 각각 측정해 적용했다.

2012년의 한전 통계에 따른 우리나라의 발전 믹스(mix)는 석탄(39%), 원자력(29%), 천연가스(23%)가 합계 91%를 차지하고 있다. 특히 석탄화력발전소가 전기를 생산할 때의 온실가스 배출계수(Emission Factor)는 국내산 석탄이 1077.7gCO_2/Kwh, 수입 석탄이 946.6gCO_2/Kwh으로, 407.8gCO_2/Kwh인 천연가스나 온실가스 배출과 무관한 원자력에 비해 월등히 높다. 연료가 발전소에 도달하기까지의 수송, 처리, 저장 과정에서 나오는 온실가스 배출량은 천연가스가 석탄보다 많았지만, 총 온실가스 배출량은 여전히 석탄이 많았다.

서울대 연구팀은 2014년 국내에서 판매된 모든 차종(388개)을 대상으로 차량별 운행 중 온실가스 배출량 데이터를 구했다. 차종별 에너지관리공단의 자동차 표시연비를 기준으로 삼았고, 자동차의 에너지 소비 효율 및 등급표시에 관한 규정에 따른 배출계수를 이용해서 계산했다. EV/PHEV/FCEV 차량의 경우 우리나라에 충분히 많은 차량이 없어서 미국 EPA의 연비를 이용했다.

전과정의 모든 데이터를 종합한 결과, 차종별 온실가스 배출량은 전기차가 km당 94g으로 가장 적었고 하이브리드차는 141g, 디젤차는 189g, 휘발유차는 192g으로 나타났다. 2012년 기준 우리나라의 발전 믹스를 반영했을 때 전기차의 온실가스 배출량은 디젤차와 휘발유차의 절반 수준에 불과하다는 것이다. 전기차의 친환경성이 다른 친환경차보다 뛰어나다는 것을 증명한 평가 결과다. 전기차 보급률을 늘려야 할 필요성을 역설하는 데 충분한 근거가 마련된 것이다.

그러나 이는 동시에 우리나라에서는 전기차도 km당 94g의 온실가스를 배출한다는 결론이기도 하다. 전기차의 최대 장점으로 알던 '제로-에미션(Zero-Emission)'은 차량 판매를 위한 광고 문구에 지나지 않은 셈이다. 시간이 지날수록 여건이 나아질 것이라는 기대도 무의미한 것이, 전기차의 에너지 효율이 개선되는 것만으로는 큰 효과를 기대하기 어렵기 때문이다.

이 수치가 유의미한 수준으로 감소하려면 근본적으로 발전 믹스가 바뀌어야 하는데, 기존의 발전소 하나를 새로운 발전소로 교체하는 데만 족히 5년은 소요된다. 게다가 석탄은 원자력 다음으로 발전단가가 싼 자원이기 때문에, 발전

소 건설비 외에 막대한 경제적 부담이 수반된다. 또한, 서울
대 연구팀은 산업통상자원부가 2015년 7월 발표한 7차 전
력수급계획을 반영했을 때 현재의 발전 믹스가 2030년까지
크게 변하지 않을 것으로 전망했다.

전기차를 사는 사람은 "나는 환경보호에 기여하는 착한
사람"이라는 자부심을 갖고, 휘발유차보다 훨씬 비싼 전기
차 값을 부담할 수도 있다. 그러나 그래봐야 전기차 소비자
가 '전과정'에서 내뿜는 온실가스는 재래식 휘발유차의 절
반에 불과할 뿐이다. 고로, 전기차를 많이 몰고 다니면 환경
에 절반의 피해를 계속 주게 된다. 결론은? 감당이 가능하면
전기차 같은 친환경 차를 이용하되, 진정으로 지구가 걱정
된다면, 더 많이 걷고, 더 많이 대중교통을 이용할 일이다.

'하얀 석탄'은 전기차의 유모다

"진정으로 지구가 걱정된다면, 더 많이 걷고, 더 많이 대
중교통을 이용하라." 따끔하지만 바른 충고다. 대중교통?
서민에겐 선택이 아니고 필수다. 걸어 다닌다? 이건 서민도
선택하기 어렵다. 속도에 익숙해져 있는데다 도심의 거리

는 숨쉬기 곤란한 것이다. 전기차가 대기오염 치유의 특효
약이 되기 어렵다는 뉴스는 심심찮게 들려온다. 2016년 9
월 27일, 연합뉴스가 이런 보도를 했다.

대기오염을 줄이기 위한 전기차의 증가가 오히려 대기오
염을 높일 수 있다는 조사 결과가 나왔다. 27일 일간 파이
낸셜타임스(FT)에 따르면 유럽환경청(EEA)은 유럽에서 전
기차에 대한 인기가 높아지면서 전기차 충전을 위한 발전
소 증설이 불가피해졌으며 이에 따른 대기오염이 우려된다
는 조사 결과를 공개했다.

EEA가 후원한 조사보고서는 전기차 급증으로 유럽 지역
에 50개소의 대형 발전소 건설이 불가피하며 석탄을 사용
하는 화력발전소를 증설할 경우 대기 중 이산화황 오염 수
준이 증가할 것으로 보인다고 분석했다.

배터리로 움직이는 전기차는 휘발유나 경유를 사용하는
차량에 비해 질소산화물과 미립자, 그리고 지구온난화 주범
인 이산화탄소 등 대기오염 물질을 훨씬 적게 배출하는 이
점을 가진 것으로 알려지고 있다. 그러나 대부분의 전기차
소요 전력을 화력발전소로부터 충당하는 폴란드 같은 나라
의 경우 석유로부터 전기차로의 전환에 따른 혜택이 의문

시되고 있다고 EEA 관계자는 지적했다. 막달레나 요스비츠카 EEA 연구개발책임자는, "전기차에 혜택과 기회가 있는 게 분명하지만, 일부 위험도 있다."고 지적했다.

유럽 각국이 기후변화 억제를 위해 상당한 보조금을 지불하면서 유럽에서는 지난 6년 사이 전기 승용차가 급증하고 있으나 아직은 유럽에서 운행되고 있는 전체 승용차의 0.15% 수준에 그치고 있다. 만약 오는 2050년경 전기 승용차 비율이 전체의 80%에 이르면 충전용으로 150GW(1기가와트는 10억W)의 전력이 추가로 필요할 것으로 EEA 보고서는 전망하고 있다. 영국이 건설을 추진 중인 초대형 힌클리포인트 원전의 경우 발전용량이 3.2기가와트로, 비슷한 용량의 발전소 50개가 추가로 유럽 지역에 건설돼야 하는 셈이다.

EEA 보고서는 전기차를 위한 막대한 양의 추가 전력 수요는 특히 풍부한 재생에너지원을 가진 나라들의 전력인프라에 스트레스를 안겨주게 될 것이라면서 고도의 유동적인 재생에너지원을 가진 나라들에 전기차의 에너지 수요를 조정하는 것이 주요 과제가 될 것으로 전망했다.

2014년의 경우 풍력과 태양광, 수력 등 청정 발전량이 유럽연합(EU) 전체 발전량의 25%를 차지하고 있으며 원전은

27%를 차지하고 있다. 그러나 약 48%는 아직 석탄과 천연 가스 및 석유로부터 얻고 있다.

EEA 보고서에 따르면 만약 전기차가 소요 전력을 전부 화력발전으로부터 충당한다면 전기차의 '평생' 탄소배출량은 석유 차량보다 높을 것이라고 지적했다. 대기오염 전문가들은, EEA 보고서는 따라서 각국이 전기차 증가와 함께 청정전력 발전 방안을 고심해야 할 것임을 보여주고 있다고 강조했다. 세계보건기구(WHO)의 아넷 프루수스툰은 "전기차의 소요 전력이 청정에너지원으로부터 조달돼야 그 효과가 극대화할 것"이라면서 "그렇지 못하면 단지 오염원을 자동차에서 발전소로 바꾸는 데 그칠 것"이라고 지적했다.

나, 석탄도 전기차에 숨겨진 친환경의 한계를 알게 되었다. 원자력발전이 청정에너지를 생산하는 것은 틀림없는 사실이지만 '무시무시한 놈'이니까 독일 정부와 국민은 탈원전의 모델을 세우기로 했다. 또한 독일 정부와 국민은 석탄발전을 '죽일 놈'이라며 그것을 진짜로 없애는 모델을 세우기로 했다. 문제는 독일의 모델이 세계 모든 나라, 모든 국민의 모델이 될 수는 없다는 데 있다. 지형, 국토 면적, 일조량, 바람의 강도 등 자연환경 일체가 신재생에너지 생산조건에 맞아야 하고, 그것이 생산한 전력이 정부의 재정에 큰 부담이 되지 않을 수준으로 낮아져야 한다. (이 점에서는 2020년을 지나면 그리 된다니까 인간과 지구를 위해 희망적인 신호다.) 전기차-신재생에너지, 이 궁합을 맞출 수 있는 독일 국민은 참 좋겠다. 신재생 청정에너지를 쓰지 않으면 전기차의 친환경성이란 것이 '말짱 도룩묵' 처지로 미끄러지게 되니, 태양과 바람으로부터 거의 모든 전력을 얻어낼 수 있다는 독일 국민은 이제 독일연방 상원이 결의한 그대로 2030년까지 내연기관 자동차만 몽땅 전기차로 바꾸면 미세먼지와 온실가스 배출량을 현재보다 현저히 낮추게 될 것이다.

폴란드는 어쩌나? 옛날에 동독과 국경을 맞대고 있던, 그러니 지금도 독일과 국경을 맞대고 있는 폴란드는 어쩌나? 독일이 돈을 줘서 폴란드의 석탄화력발전소들을 몽땅 태양광발전소와 풍력발전소로 교체해 주나? 아니면, 독일에서 없애는 원자력발전소를 폴란드로 옮기나? 이 질문은 심각한 것이다. 대기 이동은 국경이 없기 때문이다. 이거야 누구보다 한국인이 잘 알지 않나? 중국에서 날아오는 그 몹쓸 황사, 그 끔찍한 미세먼지……. 그래도 독일은 좋겠다. 국내에서 미세먼지와 온실가스 배출이 줄어드는 그만큼 국민이 더 좋은 공기를 호흡하게 될 테고, 온실가스 배출 축소에 대한 유엔 프로그램에서도 모델의 나라가 될 테니까.

그러나 독일 국민이 좋아진다고 폴란드 문제가 해결되나? 아니다. 그래서 무엇이 투입돼야 하나? '하얀 석탄'이다. 전기차 상용화, 전기차 세상이 열리는 그날이 오기 전에 '더티 에너지' '킬링 코올'의 석탄발전을 '하얀 석탄'으로 교체해야 한다. 그 다음의 새로운 50년, 새로운 100년에 대해서는 그때의 새로운 청정에너지 기술에 따라 에너지정책을 조정하면 된다. 향후 일정한 세월 동안은 '하얀 석탄'이 정답이다. 미세먼지 배출의 극소화, 이산화탄소 배출의 제로 베이스, 이 기술과 설비를 석탄발전에 의무적으로 장착시키는 '하얀 석탄'의 시대를 서둘러서 열어야 한다. 특히 한국, 일본, 대만, 폴란드, 체코 같은 나라들은,

"석탄발전의 미세먼지, 온실가스 배출을 극소화하겠다."

이 선언을 한국정부가 내놓을 수 있는 날은 어디쯤 와 있나? 나, 석탄은 그날을 기다린다. 머잖은 그날이 왔을 때, 나는 이미 '하얀 석탄'으로 변신해 있을 것이다. 그러면 한국 전기차의 충전을 충분히 감당해줄 수 있다.

"충전을 해야하는 전기차 때문에 석탄발전을 폐쇄할 수 없으니 전기차의 친환경 기여율을 그 충전으로 다 까먹는다."

전기차에 대한 이런 비난을 나, 석탄이 막아줄 수 있다는 거다. 폴란드에서도 일본에서도, 세계 어디서든 '하얀 석탄'은 다 막아줄 수 있다. 그뿐 아니다. '하얀 석탄'은 원자력발전을 감소시키는 그 빈자리까지도 태양광발전, 풍력발전 등 신재생에너지의 지속적인 성장과 함께 얼마든지 채워줄 수 있다.

"전기차에 젖을 먹이는 유모와 같은 하얀 석탄."

나, 석탄은 이러한 칭송을 한국 국민으로부터, 세계 여러 나라 국민으로부터 듣고 말겠다.

"깨끗한"과 "무시무시한"의 사이 — 원자력발전

원자력발전은 깨끗한 에너지를 생산한다, 원전의 전력은 청정에너지다. 이 주장에, 나, 석탄은 동의한다. 동의하지 않을 수 없다. 미세먼지도 없고, 온실가스도 없다. 전력을 생산하느라 우라늄을 먹고 나서 정말 난감하게도 '두려운 똥'을 남긴다는 것은 별개 문제지만, 원전이 '늙은 석탄발전'처럼 미세먼지와 온실가스를 배출하지 않는다는 점은 누가 뭐래도 틀림없는 사실이다.

2016년 7월 27일 양재영 교수(한전전력 국제원자력대학원대학교)가 한국원자력신문에 「CO_2 배출하지 않는 원자력발전: "유일한 선택이다"」라는 특별기고를 실었다.

인간은 누구나 잘 알지 못하는 것에 대해 막연한 두려움을 느낀다. 더구나 누군가가 왜곡하여 공포를 조장하면 두려움은 삽시간에 패닉이 된다. 원전의 경우가 그렇다. 2011년 후쿠시마 원전 폭발이 실시간으로 세계에 중계되었으니 두려움은 현실인 것 같다.

탈핵 단체들은 이 점을 파고들었다. 그 결과 국민들 사이에 원자력에 대한 불안감이 깊게 자리 잡았다. 여기에 유권자를 의식한 정치권의 개입으로 불안감은 더 빠르게 확산되어 나라 전체가 에너지와 국민 안전에 대한 방향성을 상실하고 있다.

이렇게 심각한 우려를 지닌 양 교수는 '우리 원전 안전한가?', '원전이 왜 필요한가?'라는 두 주제에 대해 차분하게 다루고 있다. 먼저, 우리 원전은 안전한가?

필자는 최근 신고리 5·6호기 건설 논란과 관련해 UAE

에 수출된 APR1400 원전 개발에 참여했다. 이 원전이 미국의 신형경수로에 관한 제반 요건을 만족하는 제3세대 원전이며 세계에서 가장 안전한 원전 중 하나이다. 이 원자로 개발 당시 안전성 목표는 2세대 원전보다 사고확률을 10분의1 이하로 줄이는 것이었다. 결과적으로 이 원전 10기가 건설되더라도 사고발생 확률은 2세대 원전 1기보다 낮게 된다.

이런 사실은 수출 과정에서 UAE 측이 고용한 국제검증단이 확인하여 프랑스, 미국, 일본을 제치고 수출에 성공한 것에서 우수성과 안전성 검증이 완료된 것으로 볼 수 있다. 그렇더라도 사고는 일어날 수 있다고 한다면 후쿠시마 사고와 1979년 미국 드리마일 원전 2호기(TMI-2) 사고를 비교해보면 알 수 있다.

2011년 폭발 장면이 세계에 실시간으로 중계되어 우리에게 충격을 주었던 일본 후쿠시마원전은 비등수형원전(BWR)이다. 이 사고의 경우 녹은 핵연료에서 발생된 수소가 원자로격납용기 균열로 새어나와 원자로 상부에 위치한 정비층에 모여 폭발이 일어났다.

1986년 체르노빌 사고와는 달리 원자로 폭발이 일어나지 않아 방사능 누출은 체르노빌의 약 10~15% 수준, 5년이

지난 지금도 원전 인근지역에 출입이 제한되고 방사능 오염 제거작업이 진행 중이지만 방사능으로 인한 인명손실은 보고되지 않았다. 그러나 이 사고는 체르노빌 사고와 동일한 국제원자력사건등급, INES의 최고 등급인 7등급으로 분류됐다.

우리나라의 주력 원전 가압경수로(PWR)와 동일한 노형의 2세대 원전에서 발생한 드리마일 사고는 후쿠시마 사고처럼 노심 손상이 일어났다.

핵연료의 3분의2가 녹아 사고원전은 폐쇄되었지만 방사능 누출이 작아서 INES 5등급으로 분류됐다. 사고 후 조사결과 반경 16㎞ 이내 주민들의 방사선 노출이 가슴 X-선 촬영을 2~3번 한 정도에 불과했고 주민재산 피해는 없었다. 사고기 바로 옆의 1호기는 현재 안전하게 운전되고 있다.

사고 당시 냉각수 누출과 녹은 핵연료와 냉각수 반응으로 발생된 수소가 원자로건물로 새어나가 건물 내 방사능이 평소의 1000배에 달했지만 1m 두께의 철근콘크리트 원자로건물이 방사능 누출을 막아주었기 때문이다.

우리 원전처럼 크고 든든한 돔형 원자로건물이 있는 가압수형의 장점이다. 최근 건설허가를 받은 신고리 5·6호기

원자로건물 두께는 1.37m에 이른다. 전투기가 충돌해도 끄떡없다. 체르노빌과 후쿠시마 같은 사고는 우리나라에서 일어날 수 없다. 그런 노형이 아예 없기 때문이다.

후쿠시마 사고 후 세계는 모든 원전에 대해 스트레스 테스트, 즉 안전성 평가를 했다. 그리고 원전의 안전은 충분히 믿어도 좋다고 결론지었다. 이제 원전에 대한 우리 국민들의 인식이 바뀌어야할 때다.

다음, 원전이 왜 필요한가?

우리 원전은 지난 40년 간 싼 전기로 우리 경제를 세계 11위 교역규모로 성장시키는 견인차 역할을 했다. 경제성장과 더불어 국민들의 안전에 대한 의식이 높아진 지금 단순히 싼 전기라는 경제논리만으로 원전의 필요성을 주장하기는 어렵다. 원전은 왜 필요한가. 답은 원전이 온실가스를 발생하지 않는 고밀도의 클린 에너지원이라는 데 있다.

작년 12월 12일 제21차 유엔기후변화협약당사국총회(COP21)가 채택한 파리협약으로 신(新)기후체제가 출범하면서 온실가스 감축은 전 지구적 과제가 되었다. 195개 참가국이 지구온난화가 인류생존을 위협하는 문제임을 공감한 결과다. 온난화는 우리나라에서 더 심각하다. 지난 100년 동안 한반도 기온은 1.5℃ 상승해 세계 평균보다 2배 높았다. 이런 추세라면 2099년 평균 기온은 현재보다 6.0℃, 강수량은 20.4% 증가할 것으로 예측되고 있다.

2006년 '기후변화 경제학에 관한 스턴(Stern) 보고서'는 지구 평균기온이 5℃ 상승하면 해수면 상승으로 뉴욕, 도쿄 등 해안 도시가 물에 잠기고 6℃ 상승하면 사막의 확대, 자연재해의 일상화와 지구상의 생물 대부분이 멸종하게 된다는 기후변화 시나리오를 제시했다. 발등에 떨어진 생존문제다.

지난해 우리 정부도 2030년까지 BAU(온실가스배출 예상치, 8억5000만 CO_2환산톤)의 37%를 감축하겠다는 계획을 유엔에 제출했다. 그런데 이 계획의 11.3%, 9600만 톤은 해외 온실가스배출권구매로 충당한다니 문제다. 예상 구매비용은 배출권 가격이 온실가스 1톤 당 현재 3달러($), 2008년 20달러이었던 것을 고려하면 최소 3400억 원에서 최대 2조2500억 원이 된다. 우리 산업이 저탄소화 되기 전까지 매년 지불할 비용이다.

더 큰 문제는 실질 온실가스 배출량이다. 계획대로라면 2030년에 6억3000만 톤을 배출하게 되니 2005년 배출량

5억5600만 톤 대비 13%가 늘어난다. 1990년 혹은 2005년 대비 25~50%를 줄이겠다는 미국, EU 등의 계획과 비교하면 초라하기 짝이 없다. 우리 산업의 저탄소화가 턱없이 느리게 진행되며 미래세대에 부담을 전가하는 것이다.

온실가스 감축계획이 이럴 수밖에 없는 이유는 제1차와 제2차 국가에너지기본계획에서 찾을 수 있다. 2차 계획은 41%였던 1차 계획의 원전 비중을 29%로 줄였다. 또 신재생에너지공급 목표는 1차 에너지의 11%를 유지한 채 달성년도를 2030년에서 2035년으로 5년 미뤘다.

총에너지 수요는 2030년 1차 계획의 3억4000만TOE에서 2차 계획의 3억7000만TOE로 늘어나는데 온실가스를 배출하지 않는 두 에너지원을 줄이거나 미루면 온실가스를 줄일 방법이 없다. 궁여지책이 해외 온실가스배출권 구매인 것이다.

기본적으로 우리 산업의 높은 화석에너지 의존도와 더딘 신재생에너지 개발이 문제의 핵심이다. 2011년 말 우리나라는 총에너지의 85.2%를 석탄, 석유, LNG 등 화석연료에 의존하고 있다. 우리나라 온실가스의 87.3%가 에너지 분야에서 배출되며 40% 정도를 발전부문이 차지한다.

또 발전부문 온실가스 배출량의 80% 이상이 화력발전에서 배출된다. 석탄화력발전소의 아황산가스와 질소화합물 그리고 미세먼지 문제는 국민 건강을 위협하는 좌시할 수 없는 문제가 된 지 오래다.

그런데 2005년부터 2010년까지 우리나라 에너지 동향을 살펴보면 결코 간과할 수 없는 사실이 밝혀진다. 이 기간 중 원자력발전설비 용량은 17.7GW에 정체해 있었고 화석연료 발전량은 39.1GW에서 49GW로 25.3%, 온실가스 배출량은 5억5600만 톤에서 6억5300만 톤으로 17% 증가했다.

전력예비율은 2005년 13%에서 2007년 7.9%, 2008년 12%로 일시 회복되었다가 2009년 9.8%, 2010년 6.7%, 2011년에는 4.1%로 추락했다. 특히 2009~2010년 사이 온실가스 배출량은 10%, LNG 사용량은 26.8% 급증했다. 2007년 충분한 전력예비율 확보에 실패할 조짐이 보이자 LNG발전소 건설을 대폭 늘린 때문이다.

화석연료 의존도는 더 높아져 에너지 믹스는 왜곡됐지만 결국 2011년 9월 15일 순환단전 사태를 피하지 못했다. 원전 건설은 계획부터 완공까지 15년 이상 걸린다. 오늘 원전 건설을 지연시키면 그로 인한 문제는 15년 뒤에 나타난다. 김대중, 노무현 정부 시절 원전 건설을 지연시킨 여파가 이

명박 정부 때 나타난 것이며 지금도 온실가스 감축의 발목을 잡고 있는 셈이다.

신재생에너지 개발이 여의치 않다는 사실은 개발계획 자체에서 확인된다. 우리나라 온실가스 감축계획의 근간이 된 제4차 신재생에너지 개발계획은 2035년까지 신재생에너지 공급 목표를 1차 에너지의 11%로 잡고 있으나 이는 제3차 계획을 5년 지연시킨 것이다. 신재생에너지개발은 다양한 정책 수단을 썼음에도 3차 계획까지 목표를 제대로 달성해본 일이 없다.

또 우리나라 신재생에너지 계획은 국제에너지기구(IEA) 분류기준과 통계기준에서 잡지 않는 CO_2를 발생시키는 부생가스와 산업폐기물 등을 포함하고 재생에너지 전력을 1차 에너지로 환산 시 전환효율을 적용하면서까지 공급량을 늘리려 안간힘을 쓰지만 공염불에 지나지 않는다.

2020년 파리협약이 발효되면 2023년부터 매 5년마다 협약준수 상황을 점검하기로 된 마당에 국제기준에 맞지 않는 공급실적을 내밀어봐야 인정되지 못할 것이 자명하기 때문이다. IEA 기준을 적용하는 경우 4차 계획의 11%는 6.3%까지 하락되므로 미리 대응 조치를 마련해야 한다.

나, 석탄은 양 교수의 주장을 매우 진중하게 읽었다. 순수한 학자의 고민을 이해할 수 있었다. 끓어오른 격정을 안으로 다스리느라 애를 쓰는 숨소리마저 느낄 수 있었다. 그래도 나, 석탄은 세 가지 문제를 제기할 수밖에 없다.

첫째는, 화력발전 의존도를 높이는 에너지정책이 온실가스 배출을 늘리는 결과를 초래했다는 주장은 백 번 지당한 것이다. 그러나 '하얀 석탄'을 실현한다면? 미세먼지 배출을 극소화하고 이산화탄소 포집기술을 상용화하여 배출 제로를 실현한다면? 원전 건설에 15년 걸린다니, 앞으로 그 10년이나 5년 안에 '하얀 석탄'을 상용화한다면?

둘째는, 원전이 운전 중에 온실가스를 배출하지 않는 것은 맞는데, 그 생산 공정을 살펴보면 과연 그러한가? 한면희 성균관대 초빙교수는 일본의 원전 전문가 고이데 히로아키의 주장을 블로그에서 들려주고 있다. "원전 1기는 100만kw를 생산한다. 이를 위해 광산에서 240만t을 캐내어 우라늄 광석13만t을 추출하고, 나머지는 잔토로 폐기한다. 13만t의 광석에서 제련을 거쳐 천연우라늄 190t을 뽑아내고 나머지를 저준위 폐기물로 쌓아놓는다. 190t을 매우 특수하게 열을 가하여 농축함으로써 핵분열이 가능한 농축우라늄 30t을 만들어내고, 나머지 160t을 또 저준위폐기물로 분류하는데, 이것을 무기로 전환시키면 이라크전쟁에서 미군이 사용한 열화우라늄탄이 된다. 농축우라늄 30t을 비로소 핵 원자로에서 가열하여 전기 에너지를 얻게 되는데, 사용 이후 그것은 플루토늄을 포함하는 죽음의 재로 남겨진다. 이 30t마저 핵재처리 공정을 거쳐 300kg의 플루토늄을 분리 추출하면 군사용 핵무기가 된다. 문제는 채굴과 운반, 시설물 건설, 추출, 운송 등 일련의 과정에서 화석연료를 사용하여 온실가스를 배출한다는 것이다. 물론 지극히 위험한 고준위폐기물 처분장을 짓고 또 거의 100만 년 가까이 유지하는 데 지속적으로 에너지를 사용해서 온실가스를 배출한다. 이렇게 보면 원전이 온실가스를 배출하지 않는다는 것은 원전시설을 가동할 때로만 국한된 이야기가 된다. 전체 과정으로 보면, 그것은 '눈 가리고 아웅!'한 격이 된다." 자, 고이데 히로아키의 주장은 잘못되었나?

셋째는, 원전의 기술 발전과 사고 확률의 관계다. UAE에 수출된 APR1400 원전, 미국의 신형경수로에 관한 제반 요건을 만족하는 제3세대 원전, 세계에서 가장 안전한 이 원전의 안전성 목표는 2세대 원전보다 사고확률을 10분의1 이하로 줄이는 것이라 했다. 그런데 한국에는 아직 제3세대 원전이 없다. 24기 전부가 2세대라고 가정해 보자. 사고 확률이 3세대보다 10배 높은 것들이 가동 중이다. 그래도 기술적으로 거의 완벽에 가까우니 체르노빌, 드리마일 같은 사고는 일어나지는 않는다고 하자. 그런데 강한 지진이 오면? 석탄발전소는 설령 어딘가 좀 무너져도 발전소나 피해를 입겠는데, 원자력발전소는?

경주에 강진이 발생한 그날 밤

원전의 안정성과 필요성을 주장하는 양 교수의 설득력 갖춘 칼럼이 발표된 때는 2016년 7월 27일. 그로부터 한 달하고도 보름쯤 지난 9월 12일, 이날 저녁.

나, 석탄을 걱정해주는 세 사람이 포항 형산강과 가까운 식당 1층 바닥에서 삶은 옻닭 한 마리로 소주를 마시고 있었다. 그날따라 그들의 주제는 하필이면 한국에너지정책의 향방이었다. 웃기는 노릇은, 그들이 똑같이 환경을 몹시도 중시하는 인간들인데, 특히 한 인간은 젊은 시절에 "환경을 위해 평생 두 가지는 안 한다. 자가용을 안 굴리고, 골프를 안 친다."라고 선언한 뒤로는 회갑이 다 되도록 거기에 목을 매달고 있는 어리석은 자다. 운전면허증은 아예 한 번도

가진 적이 없고(자동차 운전대를 한 번도 잡아본 적이 없고), 십여 리쯤은 차가 덜 다니는 좁은 길을 골라서 걸어가고, 여태껏 골프채는 한 번도 만져본 적이 없다.

어리석은 자가 소주병을 들고 한 잔씩 더 따르려는 그 찰나였다. 엉덩이 밑에서 고물 버스가 시동을 거는 것 같은 소리가 이삼 초 나더니 갑자기 그것이 울퉁불퉁한 길을 달리듯 앉은 자리가 앞뒤로 꿀렁거렸다. 이때가 7시 44분.

"어어, 왜 이래?"

"지진이다."

"맞다. 지진이다."

셋은 일제히 천정을 쳐다보았다. 무너지나, 이런 공포를 느끼면서. 다행히 천정은 멀쩡했다. 금도 보이지 않았다. 지진이었다는 사실을 증명해주려는 것처럼, 고물상에서 주워 왔을 천장의 샹들리에만 볼품없이 덜렁거릴 뿐.

"야, 제법 컸던 것 같은데."

"그래, 이래 큰 거는 육십 먹도록 처음인데."

두 친구가 심각해지자 어리석은 자가 분위기를 바꾸려 했다.

"큰 거는 큰 거 같은데, 다 멀쩡하잖아? 이제 조그만 여진이 몇 번 오겠지. 여진이야 뭐. 술이나 듭세."

이러고는 두세 잔 더 마시는 사이, 두 친구의 핸드폰이 덜덜 떨었다. 국민안전처가 보낸 문자였다.

"5.1이라는데. 진짜 컸어."

"이것들이 내 폰은 폰도 아닌가. 왜 재난문자도 안 보내?"

어리석은 자의 항의에 두 친구는 반응을 하지 않았다. 각자 전화를 걸고 있었다. 그러나 둘 다 실패하고 말았다.

"이거 불통인데. 마누라 전화가 안 터져."

"나도."

"너는 안 해봐?"

"없어. 이럴 줄 알고 블라디보스톡으로 피난 갔어."

"우리 마누라는 19층에서 완전 쫄겠는데."

"우린 8층이야. 조금 낫겠지?"

"가자. 대리 불러서 가자."

어리석은 자가 현명하게 진정을 시켰다.

"폰이 불통인데 대리는 어떻게 불러? 요란 그만 떨고 마저 마시고 9시에는 무조건 해산하자. 삶긴 닭한테 예의는 차려야지."

이래서 셋은 졸지에 '원전 걱정'을 시작했다.

"월성원전은 세웠는가?"

"자동으로 정지하는 거 아냐?"

나, 석탄이 듣기에 셋의 원전 걱정은 제법 수준을 갖춘 것이었다. 고이데 히로아키처럼 원전을 돌리기 이전의 온실가스 배출 실태까지 들먹이진 않았으나, 원자력이 청정에너지라 해도 그것이 '무시무시한 놈'일 수밖에 없는 이유에 대해 성토를 했다. 그들이 소주 한 병을 더 부른 때는 『체르노빌의 목소리』라는 책에 대한 이야기를 시작한 참이었다. '미래가 인생을 파괴하는 참혹한 실상' 때문에 가슴이 더 뜨거워진 그들은 '단 한 번의 참사와 재앙의 가능성 때문에 원전에 지지를 보낼 수 없다'라는 결론에 다다랐다. 물론 새로운 것은 아니었다. 2011년 3월 후쿠시마 대참사 후 그들은 원전에 대한 '불가피한 불편한 동거'의 마지막 지지마저 철회한 사람들이었다. 그러나 차마 5.1지진으로 후쿠시마 사고에 견주는 것만은 서로 꺼림칙하게 여기고 있었다. 휴대폰 두 개가 거의 동시에 터졌다. 묘한 일이 일어났다.

"전화가 안 되더라."

"여진이야 아무것도 아니잖아? 집에 올라가 있거라. 9시엔 출발한다."

두 친구가 한 여자와 통화하는 것처럼 똑같은 말을 했다. 두 여자의 놀란 토끼가슴도 한 남자를 상대하듯 똑같이 알린 것이었다. 아파트 주민들이 모두 깜짝 놀라서 밖으로 몰려 나왔다 일부는 다시 집으로 들어갔다, 엘리베이터 못 타고 걸어서 내려왔는데 지금은 타고 올라가도 안 되겠나, 무서우니 빨리 들어오너라. 이런 내용이었다. 어리석은 자가 느긋하게 킬킬거렸다.

"금슬 좋구나. 죽어도 같이 죽고 살아도 같이 살자. 부부애를 넘어서 전우애가 넘치는구나. 늙어서 밀려 나진 않겠어."

"늙을수록 잘 보여야 한다. 아니면 무거운 통장을 따로 꼬불치거나."

"늙을수록 마누라가 무섭다고 하잖아. 자, 마나님들의 관용을 위하여!"

셋은 가볍게 소주잔까지 부딪고는 기세 좋게 '원 샷'에 꼴깍, 했다.

"요코하마 이소코발전소 갔을 때, 실시간 센스 중계에 삭스, 녹스 '제로'가 나왔던 거 말이야. 그게 우리나라 석탄발전에는 인천의 영흥화력 5, 6호기가 제일 앞선다는데 언제 여행 삼아 거기도 가보자."

"이소코보다는 못한가 봐. 우리나라에 있는 것들 중에서 제일 낫긴 나은데."

"지자체나 정부가 환경배출 기준을 엄격하게 해야 하는데, 그런 것도 제대로 없어. 삭스, 녹스, 이런 미세먼지는 10피피엠 밑으로, 이산화탄소는 지금보다 얼마 밑으로. 이런 강제규정이 제대로 없다고 하잖아."

"오늘 당장 강한 강제규정 다 만들면 내일 당장 다 세워야 하니까, 유예기간을 주긴 줘야지. 서울, 수도권 미세먼지가 지독하다니까 난리가 났지, 어느 시골 같았으면 흐지부지 들어가고 말았겠지."

"미국, 중국, 인도에 있는 석탄발전을 이소코처럼만 하면 세계의 이산화탄소 배출량이 일본의 연간 배출량인 13억5천 톤보다 더 줄어든다고 했잖아?"

"15억 톤 감소라 했나? 그거보다 더 놀라운 건, 이산화탄소 배출을 제로로 만드는 포집기술도 다 됐다고 했잖아?"

"우리나라는 뭐하나? 원전만 붙들고 있나?"

"서울 근교 수도권 어느 바닷가에 원전들이 즐비하고 오늘처럼 지진이 났다고 해봐. 어찌 되겠나? '원전폐쇄'가 온 나라를 시끄럽게 할 거야. '석탄발전 폐쇄'처럼 그러겠지."

어리석은 자가 다시 소주병을 기울이며 타일렀다.

"그건 새로운 지역감정 조장이야. 미세먼지 공포, 원전과 지진 공포, 이걸 동병상련으로 봐야지. 우리나라도 석탄발전 개선에 공을 많이 들이고 있어. 초초임계압 개발, 이산화탄소 포집기술개발, 이런 게 그때 그때 제대로 알려지지 않아서 그렇지."

"그런 소식을 왜 우리도 잘 모르고 있나? 원전, 태양광발전만 늘 요란하고 말이야."

이러고는 19층에 마누라를 둔 친구가 잔을 드는 순간, 다시 고물 버스에, 아니 고물 대형트럭에 시동을 거는 것 같은 '부르릉 부르릉' 소음이 엉덩이 밑에서 솟아오르더니 처음보다 훨씬 더 세게 방바닥을 흔들었다.

"나가자! 출입문부터 확보해야 돼."

어리석은 자의 똑똑한 외침에 따라 셋은 벌떡 일어나 신발 벗어둔 데로 나갔다. 계산은 나중이었다. 주인아줌마도 덩달아 신발을 꿰찼다.

"어어, 이것 봐. 문이 잘 안 열려."

19층 사는 친구가 손잡이에 힘을 넣어서 밀었다. 문 앞에 마룻바닥처럼 산뜻한 나무를 깔아둬서 본디부터 문틈이 거의 없긴 했으나 문은 겨우 절반쯤 밖으로 밀려나갔다.

"아이고, 이게 왠 난리고. 문이 다 안 열리고야."

새삼 주인아줌마가 통탄처럼 말했다. 웬걸, 거리엔 사람들뿐이었다. 누군가 큰소리로 외쳤다.

"5.8이란다! 5.8!"

"5.8?"

"5.8!"

그 숫자가 뭔지 잘 알지도 못하는 사람들이 무조건 비명을 지르듯 따라 외쳤다. 어리석은 자가 두 친구에게 말했다.

"빨리 집으로 가라. 같은 동네나 마찬가지니까 같이 가라. 5.8은 5.1의 11배 강도야. 아파트 꼭대기에선 진짜로 전쟁이 터진 것처럼 난리가 났을 거야. 나는 천천히 갈게."

"차를 어떡해? 대리 되겠나?"

"아저씨 어느 동넵니까?"

주인아줌마가 껴들었다. 19층 친구의 답을 들은 그녀가 반색을 했다.

"우리 시아버님이 그 근처에 사시는데, 택시도 어렵고 대리기사도 어렵고 하니, 차는 내가 몰면 안 되겠어요?"

두 친구가 냉큼 좋다고 했다. 어리석은 자가 술값을 물으니 주인아줌마는 다 합쳐서 5만 원만 받겠다고 했다. 식당 불이 꺼지고, 문이 잠기고, 19층 사는 친구의 차에 시동이 걸렸다.

"먼저 가. 나는 걸어간다. 한 시간 정도 걸리겠지."

"그래라. 블라디보스톡 가고 없잖아. 취미대로 걸어와. 먼저 간다아."

하이브리드 승용차가 출발했다. 좀 비싸도 대기오염 줄이겠다는 기특한 주인을 태우고, 걸어갈 친구의 빠이빠이 전송을 받으며…….

이튿날 아침에 어리석은 자는 보고를 들어야 했다. 19층 사는 친구는 걸어서 내려온 마누라를 데리고 산 밑의 모텔 1층에 가서 잤다, 고층이 좋다고 우겨댔던 마누라가 로얄층이고 뷰고 뭐고 다 치우고 빨리 집 내놓고 다른 데로 이사 가자며 하루저녁에 고소공포증이 생긴 것 같다며 울먹였다. 8층 사는 친구는 역시 걸어서 1층까지 내려온 마누라를 운전시켜 학교 운동장에 가서 자정이 넘도록 있었다, 자기네 아파트 고층 사는 사람들은 거의 모두 학교 운동장에 모여 있다 자정 넘어서 들어가거나 아예 친인척 집으로 자러 가는 사람도 많았다…….

신문 방송이 온통 지진 기사였다. 울산LNG발전소가 멈추고, 월성원자력발전소 1, 2, 3, 4호기가 가동을 중단하고, 구미의 삼성, LG 공장들이 한때 멈춰서고……. 어리석은 자는 특히 LNG발전소 가동 중단, 원전 가동 중단을 눈여겨

보고 귀담아 들었다.

경주 월성원자력발전소들이 가동을 중단했다? 나, 석탄도 한국 국민들처럼 냉큼 이해할 수 있었다. 일본 후쿠시마 원전사고와 지진의 상관관계를 잘 알고 있는 덕분이었다. 그런데 왜 울산의 LNG발전소까지 가동을 중단했나? 나, 석탄은 궁금했다. 이 궁금증을 풀어준 것은 일본인이었다. 키모토 쿄지, 『석탄화력이 일본을 구하다』의 저자, 그가 말했다. "LNG발전소는 지진에 취약하다. 지진 때 대화재가 발생하기 쉽다." 이 말을 듣고 나, 석탄은, "아, 그래서 그랬구나." 고개를 끄덕였다.

한국에서 지진을 과학적으로 계측해온 이래로 역대 최강이었던 '규모 5.8'의 9월 12일 밤 8시 32분 경주 지진. 그날 저녁부터 며칠에 걸쳐 어떤 정치적 스캔들에 못잖게 모든 한국 언론을 뒤덮은 그것은 온갖 기록들을 남겼다. 나, 석탄의 뇌리에 갓 생긴 화석처럼 또렷이 박힌 하나가 있다. 기와집들의 지붕이 허물어지고 담장과 헛간이 무너지고, 신라 천 년의 '과학 상징'과도 같은 첨성대에 탈이 생기고, 경주 울산 부산 포항 시민들이 공포에 질려 아파트를 탈출하고……, 이 모든 우울한 소식들을 전부 합친 것보다 더 '하얀 석탄'의 가슴을 아리게 만든 것은 경주시 양남면 할

머니들의 겁에 질린 하소연이었다.

"월성원전이 어떻게 될지 모른다는 공포가 지진보다 더
무서웠다."

월성원자력 6기가 밀집해 있는 경주시 양남면 주민들은
물어보나마나 2011년 3월 어느 대낮에 텔레비전에서 마치
잘 찍은 대재앙 영화처럼 지켜보았던 후쿠시마 원전사고부
터 떠올렸던 것이다.

규모 5.1 전(前)지진의 48분 뒤에 여진이 아니라 5.8의
본(本)지진이 덮치더니 한 주일 뒤에는 4.5의 여진이 또 덮
쳤던 경주 지진은 '여진'의 기록을 계속 갱신하는 중이다.
10월 23일에는 새벽 3시쯤 경주시 남남서쪽 7㎞ 지역에
서 규모 2.7의 지진이 발생했다. 기상청은 이 지진이 지난
달 12일 발생한 규모 5.8 지진의 여진이라 했다. 이때가 총
497회째 여진이었다. 규모 1.5~3.0의 여진이 478회로 가
장 많았고, 규모 3.0~4.0의 여진이 17회, 규모 4.0~5.0의
여진도 2회 발생했다. 그러나 거기서 멈추지 않았다. 10월
25일 저녁 8시경에는 503회째 여진이 발생했다. 진앙지는
경주시 남동쪽 21㎞ 지역, 지진의 규모는 2.4였다. 별난 피

해가 알려지진 않았다. 그러나 "경주 지진은 밤 8시에 터진
다."라는 괴담 같은 속설에 다시 한번 공포의 실감을 보태
주는 것이었다. 기상청은 밝혔다. "정밀분석 중이므로 여진
횟수는 변동될 수 있다." 빗나가면 좋을 이 말은 적중하고
있다.

말만 들어도 무시무시한 '제2의 후쿠시마'

경주에서 강진과 끝없이 이어지는 여진이 발생하기 전(7
월 27일)에 발표한 양재영 교수의 '원자력의 안정성과 필
요성'에 대한 과학지식과는 상반된 견해를 가진 지식인들
의 칼럼이 경주 지진 뒤에 속속 출현했다. 김해창 경성대학
교 교수의 「부산-울산-경주, 제2의 후쿠시마 될 수 있다」
라는 칼럼도 그 중 하나인데, 프레시안(2016년 9월 28일
입력)에 나왔다. 나, 석탄은 양 교수의 견해를 경청했던 것
처럼, 김 교수의 견해도 경청한다.

9월 12일 밤 국내 계기 관측 이래 사상 최대인 규모 5.8
의 강진이 경주시 남남서 8킬로미터 진앙 지역에서 발생했

다. 나도 부산 시내 한 식당에서 지인들과 식사를 하다 그에 앞선 규모 5.1 지진에 화들짝 놀랐다. 그동안 비교적 지진 안전지대로 알려진 한반도가 더 이상 안전지대가 아니라는 사실을 온몸으로 느꼈다. 국보인 다보탑과 첨성대는 물론 경주 일대 전통가옥이 많은 피해를 입었고 수백 회의 여진에 지금도 온 국민이 불안해하고 있다.

문제는 규모 5 이상 지진이 발생한 동해 남부 해안 지역에 총 18기의 핵발전소가 가동되고 있다는 사실이다. 후쿠시마 핵발전소(원전) 반경 30킬로미터 이내 거주 인구가 약 17만 명인데 비해서 이번 지진의 진원지와 가까운 월성원전 인근에는 130만 명, 50킬로미터 떨어진 고리원전 인근에는 380만 명이 살고 있다. 한국수력원자력(한수원) 측은 1차 지진 이후 네 시간이 넘도록 월성원전을 계속 운영하다가, 원자력안전위원회(원안위)에서 2차 지진이 부지 계측 값 0.1g(지반 가속도)을 넘는 0.12g(지반 가속도는 지진 발생 시 중력 가속도 g의 몇 배의 힘이 있는지를 나타내는 개념으로 내진 설계의 기준이 된다)을 기록했다며 가동 중지 판단을 내리자, 그때서야 월성 1~4호기만 수동 정지하고 정밀 안전 점검에 들어갔다. 한수원은 물론 원안위조차 지진 발생 이후 국내 핵발전소가 규모 6.5~7.0 지진에 대한 내진 설계(0.2~0.3g)가 돼 있어 안전하다는 주장만 되풀이하고 있다.

그런데 과연 그럴까? 오창환 전북대학교 지구환경과학과 교수는 '한반도의 지진 위험과 핵발전소'(2016년 7월 1일)에서 확률론적 추정을 통한, 한반도에서 발생할 수 있는 최대 지진 규모를 7.4까지 보고 있다. 진앙 거리를 재계산하고, 수정된 역사 지진 자료를 이용할 경우 한반도 최대 지진은 7.45±0.04가 된다는 것이다. 한반도에서 발생 가능한 최대 지진은 "주기는 매우 길지만 규모 7.4 정도"가 될 것이라는 것이 그의 결론이다.

기상청이 2012년 발간한 자료집 〈한반도 역사 지진 기록〉을 보면 기원후 2년부터 1904년까지『삼국사기』등 역사 문헌에 기록된 지진은 총 2,161회로 그 가운데 인명이나 건물 피해가 발생한 진도 8~9(규모 6.5~6.9 정도. 규모는 지진 발생 시 방출되는 에너지의 양을 나타내는 척도로 관측 위치와 상관없이 일정하다. 진도는 한 지점에서 체감이나 피해 상황에 의해 지진의 세기를 나타내는 척도로 위치에 따라 다르다. 보통 리히터 규모, 메르칼리 진도의 줄임말로 사용된다)의 지진이 15회나 일어났다.

그 가운데 10회가 경주 일대에서 일어났으며, 1643년에는 진도 10(규모 7.3 추정)의 지진이 발생한 기록도 있는데 이는 22만 명의 사망자가 발생한 2010년 아이티 지진(규모 7.0)보다 크다는 것이다. 일본 후쿠시마 지역도 동일본 대지진 이전 계측 지진으로는 큰 지진이 없는 곳으로 알려졌으나 역사 지진으로 보면 869년 도호쿠 지역인 산리쿠 앞바다를 진원으로 하는 '조간(貞觀) 지진'(규모 8.3 추정)이 있었고, 쓰나미 피해 또한 컸다고 한다. 일본 원전 당국은 후쿠시마 원전 사고 이전에 학계의 이러한 주장을 철저히 무시했다 대참사를 맞았던 것이다.

이처럼 핵발전소가 집중된 부-울-경(부산-울산-경주) 지역은 국내에서 지진 발생 위험성이 가장 높은 곳이다. 현재 수준의 대응 설계로는 위험하다는 것이다. 1995년 고베 대지진 후 일본은 규모 7.75에 대응해 설계 기준을 변경했고, 2008년에 또 한 차례 설계 기준을 높였다지만 규모 9.0의 지진 발생에는 속수무책이었다. 게다가 우리나라는 지금까지 핵발전소 건설 입지에 활성 단층을 제대로 고려하지 않고 있다. 지난 6월 신고리 5, 6호기 건설 허가 때에도 이러한 점을 무시했다. 고리 1호기를 건설할 당시에는 양산 지진대가 발견되지 않았다. 그런데 고리와 월성 원전 일대는 이번 지진에서 명확히 확인했듯이 활성 단층도 다수 분포하기 때문에 더 이상 지진 발생 위험에서 자유롭지 않다.

더욱이 한국이나 일본 모두 원전 건설 초기엔 내진 설계 지침조차 없었다는 사실이 드러났다. 일본의 반원전 학자 히로세 다카시는 후쿠시마 제1원전 6기가 1967~73년에 착공됐는데 이는 지진학에서 '판 이론(plate tectonics)'이 대두하기 이전으로, 지진이 일어나지 않은 지진 공백 지대에만 지으면 된다는 생각으로 입지를 정했다는 것이다. 판 이론에 따르면 지진 공백 지대란 지진의 에너지가 축적되고 있어 언제든지 대지진이 일어날 수 있는 지역을 의미하며, 그 뒤 일본지진예지연락회가 대규모 지진 발생 가능성이 있는 지역을 골라내 1978년에 '특정 관측 지역' '관측 강화 지역'을 설정했지만 일본의 대부분 원전은 이미 그 전에 들어서 있었다는 것이다. 그는 '원자로 내진 설계 지침'이 나오지 않았던 1978년 9월 이전에 착공한 일본의 원전 25기는 지진의 발생 메커니즘도 모른 채 전력 회사가 자체 판단에 기초해 설계했기에 원자로 설계 기준을 충족하고 있지 못하다고 지적한다. 우리나라의 경우도 일본과 조금도 다르지 않다. 지진 발생 시 원자로는 긴급 정지하도록 설계돼 있다고 하지만 실제 상황에선 제어봉 삽입이 잘 안 돼 원자로를 정지시키지 못하는 사태가 발생할 수도 있다는 것이다.

그런데 문제는 우리나라의 경우 원전 당국이나 지방자치단체가 이러한 원전 사고가 날 가능성을 충분히 상정하지 않고 있다는 사실이다. 규모 7.0 이상의 지진에 대한 원전 당국의 대책은 사실상 없다. 원전 업계의 끝없는 부정부패와 은폐 사고는 국민의 불안을 가중시키고 있다. 고리원전이 있는 부산시의 경우는 최소 원전 반경 30킬로미터 내로 해야 할 방사선 비상 계획 구역을 반경 20킬로미터 정도까지만 잡고 있다. 방호방재 시설이나 비품 확보가 부족하기 그지없다.

무엇보다 시민 입장에서 이런 재난에 어떻게 대처해야 할지 알 수가 없다. 지진이 났다고 무조건 집 밖으로만 나가면 될 일인가? 게다가 방사능 사고라면 어디로 대피할 것인가? 평소에 생각하고 훈련하지 않으면 정작 재해가 닥칠 때 적절히 대처할 수가 없다. 그리고 원전 사고는 지진이나 쓰나미로만 일어나는 것이 아니다. 우리나라와 같이 남북이 극한 대치를 하고 있는 상황에 만일 핵발전소가 테러나 미사일 공격을 당하게 되면 시민들은 어떻게 대처해야 하나?

이러한 핵발전소의 재해를 피하기 위해서 무엇보다 단계적으로 핵발전소를 줄이는 것이 중요하다. 사양 산업인 원전 산업 '올인'에서 벗어나 풍력, 태양광, 바이오매스 등 재생 가능 에너지에 투자를 대폭 확대하는 것이 대안이다. 이 번 지진은 천만다행이다. 앞으로도 천운에만 맡길 일인가? 위험하다는 걸 알면 위험 요소를 제거하는 것이 방책이다. 신고리 5, 6호기 건설 백지화는 물론, 노후화된 고리 1호기 와 월성 1호기 조기 폐로, 고리 2~4호기의 설계 수명 연한 지키기, 그리고 단계적 탈핵 및 에너지 전환 정책이 그 어느 때보다 절실하다.

'불의 고리'와 강진, 뉴질랜드에 원전은 없다

불의 고리(Ring of Fire). 언제부터였나. 그 말이 나, 석탄 의 늙은 귀에도 익숙해졌다. 내 가물거리는 기억에는 2011 년 2월 22일이 찍혀 있다. 뉴질랜드에서 규모 6.3의 강진이 발생하여 185명이나 목숨을 잃었던 그날, 나는 텔레비전에 나온 어느 지질학자의 자세한 설명에 잔뜩 주의를 기울였 었다. 그때는 나 역시 구체적으로 예상하진 못했지만, 그것 은 불과 스무 날쯤 뒤 일본 후쿠시마에서 규모 9.0 강진이 발생한다는 전조 또는 경고이기도 했다. 흔히 대재앙 앞에 는 인간이 미처 알아차리지 못했거나 거들먹거리느라 놓쳐

버린 전조나 경고가 있지 않나.

지구에는 두 개의 조산대(造山帶, orogen)가 있다. 조산대란 조산운동(산을 만드는 운동)을 받아 주로 습곡산맥을 이루는 변동대(變動帶)로, 생김새가 좁고 긴 띠 모양인데, 지진대나 화산대와 거의 일치한다. 하나는 '알프스-히말라야 조산대'이고, 또 하나는 '불의 고리'라 불리는 '환태평양 조산대'이다.

알프스-히말라야 조산대는 유라시아의 남쪽 가장자리를 따라 이어져 있다. 인도네시아 자바 섬과 수마트라 섬에서부터 히말라야산맥과 지중해를 거쳐 대서양에 이르고 알프스산맥, 카르타피아산맥, 아나톨리아와 이란, 힌두쿠시산맥, 동남아의 여러 산맥을 포함한다. 이 조산대에서 발생한 가장 최근의 가장 끔찍한 강진은 바로 2015년 4월 네팔에 대참사를 일으킨 규모 8.1의 지진이었다.

그러나 '불의 고리'에서 일어나는 지진은 빈도와 강도에서 알프스-히말라야 조산대의 지진을 압도한다. 지구상 지진의 90%가 환태평양 조산대에서 발생할 뿐만 아니라 규모가 큰 강진의 81%도 여기서 발생한 것으로 집계돼 있다. 세계 전도를 펼쳐놓고 환태평양 조산대를 연결해보면 태평양 연안의 칠레 서부, 미국 서부, 알류산 열도, 쿠릴 열도,

일본 열도, 타이완, 말레이 제도, 뉴질랜드, 남극 일부로 이어지고, 그 선은 고리(원) 모양으로 완성된다. 활화산과 휴화산의 75%도 여기에 몰려 있다. 특별한 명명에 재미를 느끼는 인간들이 과연 '불의 고리'라는 이름을 붙일 만하다. '불의 고리'에 지진이 빈발하는 이유는 판의 활동 탓이라 한다. 판구조론에 따르면, 가장 큰 판인 태평양판에 유라시아판, 인도-호주판 등이 맞물리는 경계선이라서 지각활동이 활발하다는 것이다.

'불의 고리' 좌하단에 위치한 뉴질랜드 땅덩어리에 2016년 11월 13일 또다시 심한 요동이 일어났다. 규모 7.8의 강진이 발생한 것. 진앙지는 남섬 노스캔터베리 지역 핸머스프링스 인근으로, 2011년 2월에 큰 피해를 입혔던 크라이스트처치에서 91킬로미터 떨어진 지점이었다. 이번 지진은 5년 전 지진보다 규모는 컸으나 요행히 인명 피해가 사망 2명으로 알려졌다. 클래런스 강의 댐이 무너지고, 파고 2미터의 쓰나미가 관측되었다. 그러나 그것은 지진 발생 직후의 발표였다. 이틀 지나는 사이, 공포의 후폭풍이 몰려왔다. 계속되는 여진에다 폭우와 홍수까지 덮쳤다. 엎친 데덮친다더니, 피해가 눈덩이처럼 불어났다. 뉴질랜드 지진감시 기구 지오넷(GeoNet)은, "최초 지진 이후 15일 오후

171

까지 1,200여 차례 여진이 발생했다."며 "지난 이틀간 뉴질랜드 전역에서 10만 건의 산사태가 일어났다."고 밝혔다. 나, 석탄, 탄식이 나온다. 그 섬이 몹쓸 몸서리를 치나?

진원지인 남섬 해변 마을 카이코우라는 도로가 끊겨 외국인 관광객 1,100여 명과 주민 수백 명이 고립됐다. 전기도 통신도 두절됐다. 고래 투어로 유명한 그곳은 연간 관광객 100만여 명이 찾는 유명 관광지다. 뉴질랜드 당국은 공군 헬기를 투입해 고립된 관광객을 실어 나르고 해군 함정을 급파해 물, 음식, 연료 등을 공급하고 있다. 그러나 여진이 계속 이어지고 폭우와 산사태가 멈추지 않고 있다. 구조활동에는 거의 최악 상황이다. 북섬에 위치한 수도 웰링턴도 이번 지진으로 도로가 갈라지고 건물 일부가 붕괴됐다. 돌풍을 동반한 폭우도 쏟아졌다. 홍수가 일어나 기차역이 폐쇄됐다. 웰링턴 근교 푸케루아만과 접한 500여 가구에는 전기 공급마저 끊겼다.

규모 7.8의 뉴질랜드 강진. 이 뉴스를 듣는 순간에 나, 석탄은 모종의 조건반사를 일으키듯 즉각적으로 일본 후쿠시마의 쓰나마와 원전사고부터 떠올렸다. 이러한 병리적 심리현상을 인간은 트라우마라 부르는데, 나, 석탄이 인간세상에 나온 지 오래되니 나도 모르게 감염돼서 트라우마가 생겼나 보다. 하지만 나, 석탄은 한참 걸려 마음을 가라앉힐 수 있었다. 용케도 뉴질랜드에는 원자력발전이 없다는 사실을 기억해낸 덕분이었다.

'불의 고리'에 위치하여 예측불허의 강진이 일으키는 고통을 감당하면서 그때마다 원전이 없어서 가슴을 쓸어내리는 뉴질랜드, 2016년 11월에도 여전히 원전이 없는 뉴질랜드. 이것은 국민과 정부의 선택이다. 2008년이었나. 뉴질랜드는 국가 에너지(전력) 정책을 위한 온라인 투표를 실시한 적이 있었다. 그때 "원자력발전이 향후 10년 안에 뉴질랜드에서 최선의 에너지 정책"이라고 답한 사람은 전체 응답자의 19%에 불과했다. 풍력이 77%로 가장 높았다. 수력, 지열, 태양열이 뒤를 이었다. 석탄발전과 가스발전은 각각 8%와 10%였다. 아름답고 깨끗한 자연환경 속에서 살아가는 인간들이 다 그렇듯 뉴질랜드인들도 화석연료에 대한 거부반응을 강하게 드러낸 것이었다.

십여 년 전, 2006년 기준으로, 뉴질랜드의 전력 구성은 수력 55%, 가스화력 22%, 석탄화력 13%, 지열 7%, 풍력 2%였다. 풍력에 매력을 느끼는 사람이 많았는데, 지열도 증가추세다. 몇 년 지나는 동안에 11%를 넘어섰다.

뉴질랜드는 지열 발전을 자랑한다. 1958년 첫 지열발전을 시작하여 어느덧 60년 가까이 노하우를 축적하면서 지열을 '청정 재생 에너지'로 활용하고 있다. 그런데 어느 나라의 어느 지역에서나 지열발전소를 건설할 수 있는 것은 아니다. 기술력은 다음 문제다. 지열발전은 아무래도 '불의 고리' 지역이 적격이다. 지각 속에 쩔쩔 끓는 물과 증기가 무한히 생성되는 땅일수록 좋다. 스팀필드(Steam Field)에다 지열 우물(관정)들을 뚫어야 하기 때문이다. 지각(지구 껍데기)을 3천 미터나 뚫고 들어간 지열 우물도 있다. 한국 어디에 뉴질랜드 타우포 지역 같은 스팀필드가 있나. 이러니 한국이 지열발전에 크게 지각하고 있는 사정을 짐작할 만하다. 나, 석탄이 알기로는, 경상북도 포항시의 영일만 바닷가에서 십여 리 떨어진 한 지점에서도 지열발전을 연구하고 있다는데, 현재로서는 결과를 기다려볼 노릇이다. 한국에 또 하나의 재생, 청정 전력이 탄생할 수 있으려나.

'불의 고리', 요행히 한반도는 그것을 살짝 비켜나 있다. 대다수 태풍을 막아주는 일본 열도가 대다수 지진도 감당해준다. 그러나 나, 석탄은 잊지 말자고 당부한다. 한반도는, 특히 그 남쪽은 '불의 고리'를 바로 이웃에 두고 있을 뿐이지 거기서 멀리 동떨어져 있지는 않다는 것을.

제3세대 석탄발전 '하얀 석탄'을 주목해야

이 말을 들으면 이 말이 옳은 것 같고, 저 말을 들으면 저 말이 옳은 것 같다. 과학적 지식이 부족한 귀가 똑똑한 과학적 설명을 들으면 그리 되기 마련이다. 나, 석탄도 현대과학에는 까막눈 처지다. 나이를 최소한 수만 년씩이나 먹은 나에게 인간들이 맘모스나 공룡 이야기를 해달라고 졸라대면 너그러운 할아버지처럼 밤마다 들려줄 수 있겠건만 당최 원자력 과학에 대해서는 아는 게 없었으니, 양 교수의 주장에도 솔깃해졌다 김 교수의 주장에도 솔깃해진다. 그러나 이만한 나잇값을 하자면 통찰력은 엔간히 갖춰야 하지 않나.

두 교수의 주장에서 재미난 점은, 한쪽은 한국도 지구온난화 방지에 이바지하려면 이산화탄소 배출을 최대한 줄여야 하니 석탄발전을 폐쇄하는 대신 더 늦기 전에 제3세대 원전을 빨리 더 건설하자는 것이고, 다른 한쪽은 한국 원전이 집중된 부산-울산-경주 지역에서 대규모 강진이 언제 발생할지 아무도 예측할 수 없으니 점차적으로 원전들을 폐쇄하는 대신 태양광 같은 신재생에너지 설비를 대폭 늘리자는 것이다. 여기서 쟁점 한 가지는 코뿔소의 뿔처럼 명확하게 그 예각을 드러낸다. 원전을 더 짓자는 쪽도 원전을 폐쇄하자는 쪽도 '청정에너지'에 매달리고 있다는 점이다.

나, 석탄은 거듭 묻지 않을 수 없다. '깨끗한 에너지'를 얻기 위해 '무시무시한 놈'에게 계속 목을 매달 것인가, 이 비좁은 국토를 온통 '시커먼 패널'로 뒤덮을 것인가? 좋다. 나, 석탄도 찬성한다. 태양광발전, 해상풍력발전, 이런 청정에너지는 자연파괴와 미관 스트레스를 최소화하겠다는 정책적 배려를 바탕으로 계속 확대해 나가라. 그것들을 돌리기까지, 그러니까 그것들을 돌리는 '이전 단계'에 배출해야 하는 이산화탄소 배출량 따위는 치사하게 들이대지도 않겠다. 다만, '하얀 석탄'을 제대로 기억하라는 것이다. 미세먼지, 삭스, 녹스 배출을 극소화하고 이산화탄소를 따로 빼돌리는 '하얀 석탄'. 이것을 제3세대 석탄화력발전이라 명명하고 싶다. 기술발전의 단계를 덮어두고 그냥 시기별로 원전 세대를 구분할 때(오래된 것이 기술면에서 더 뒤떨어져 있다는 것은 상식이다), 원자력발전의 제1세대는 1950~60년대, 제2세대는 1970~80년대, 제3세대는 1990년대 이후라고 한다. 여기에 빗대서 명명하자면, '늙은 구식 석탄발전'은 제1세대, 이소코석탄발전 같은(한국에서는 그보다 좀 모자라지만 영흥화력 5, 6호기 같은) 초초임계압이니 뭐니 하는 석탄발전은 제2세대, '하얀 석탄'은 석탄발전의 제3세대다.

석탄발전이 일본을 구한다
– 첫째, "원전은 절대로 안 된다"

『석탄화력이 일본을 구하다』. 올해(2016년) 일흔세 살의 키모토 쿄지가 2013년에 출간한 책이다. 큐슈대학 공학부 석사과정을 졸업하고 대기업 화학회사에서 연구개발에 종사한 뒤, 지금은 연료전지막의 기술컨설턴트, 온난화이론연구자로 활동하고 있는 저자는 『PEFC 용전해질막의 개발』, 『CO_2 온난화론은 수학적 오류인가?』라는 책도 썼다.

키모토 쿄지는 이 책에서 원자력발전소의 위험성을 강력하게 주장하고 이산화탄소에 의한 지구온난화론의 허구성을 신랄하게 비판한 다음, 그 근거 위에서 '석탄화력'이 일본 에너지정책의 정답이라는 결론을 끌어낸다. 조국애가 넘치는 이 늙은 엔지니어의 고독한 외침을, 나, 석탄은 일본인만 아니라 이 시대를 살아가는 모든 사람들이 한번쯤 귀담아듣고 새겨봐야 한다고 생각한다.

저자는 군국주의 일본이 1931년 만주사변을 일으킨 배경에는 '석유 확보'라는 국가 에너지 문제의 절박성이 있었다는 데서 자신의 주장을 시작한다. 책 한 권을 서너 페이지로 요약하기란 여간 난감한 노릇이 아니지만, 나, 석탄은 그의 책을 요약하면서 간간이 직접 인용도 해볼 요령이다.

이시하라 간지. 세계최종전쟁 구상을 품은 그 관동군작전 주임참모는 단 6개월 만에 만주국을 성립시켰다. 그때 그의 명석한 통찰력은 '항공 전력의 중요성' 및 '동서양의 세계 최종전쟁인 미국과 일본의 대결은 소모전일 것'이라는 사실을 잘 이해하고 있어서 만주땅에서 '석유'를 발견하는 것을 가장 중요한 과제로 여겼다. 그러나 석유는 일찍이 해저였던 장소에 진흙과 함께 퇴적한 조류와 플랑크톤 등 유기물이 중합하여 생성한다는, 당시 학계에서 지배적이었던 '해성부니기원설'의 반대로 남만주철도주식회사는 뒷날에 밝혀진 '대경(다칭)유전군'의 바로 위에서 지질조사를 하면서도 석유를 발견할 수 없었다. 이 장면에 대해 저자는 "잘못된 학설에 현혹되어 석유를 만주에서 발견할 수 없었던 것이 일본을 중일전쟁에서 태평양전쟁으로 나아가게 만들어, B29에 의한 무차별폭격과 원폭투하에 의한 비참한 패전으로 이어지게 한 진인(眞因)이라고 해도 과언은 아닐 것"이라고 했다.

키모토 쿄지의 '만주사변과 석유'가 한국인의 귀에는 흥미

로울 뿐만 아니라 자못 이색적으로 들릴 수도 있겠는데, 이와 같이 저자는 거시적 국가정책의 관점에서 오늘날 일본의 에너지정책을 분석하고 비판하면서 일본 에너지의 중추가 돼야 하는 '석탄'의 중요성을 강조한다. '석탄'을 위한 그의 주장은 세 가지의 비판적 인식을 근거로 삼고 있다.

첫째는 현재 일본에서 한국과 마찬가지로 에너지 공급의 한 축을 맡은 원자력발전소의 위험성에 대한 비판과 경고이고, 둘째는 이산화탄소가 지구온난화의 주범이라는 현재의 범인류적 상식에 대한 비판과 공격이고, 셋째는 원자력발전소 건설과 이산화탄소에 의한 지구온난화가 맺어온 비밀동맹('검은 커넥션')에 대한 폭로이다.

키모토 쿄지는 2011년 3월 동일본 대지진 후의 상황을 '제2의 패전'이라 부르는 것이 타당할 것이라며 경제붕괴와 국토상실의 위기를 경고한다. "그 이유는 1943년의 돗토리지진(M7.2), 1944년 동남해지진(M7.9), 1945년 삼하지진(M6.8), 1946년 남해도지진(M8.0), 1948년 후쿠이지진(M7.1)으로 대지진이 계속되던 시기부터 1995년 한신·아와지대지진을 일으킨 효고현 남부지진(M7.3)이 발생하기까지의 50년간 계속된 일본열도의 상대적인 안정기가 끝나고, 지진활동기에 돌입했기 때문이다. 적어도 향후

50~100년간은 대지진이 몇 번이고 덮쳐올 일본민족에게 있어서 고난의 시기라는 각오를 해야 한다."는 것이다. 또한 그는 도쿄에서 직하지진이 발생할 확률에 대해 정부 지진조사연구추진본부는 향후 30년간 70%라 하고 도쿄대학 지진연구소는 4년 이내에 70%라는 발표를 잊지 말아야 한다고 촉구했다.

이러한 상황에서 일본경제를 붕괴시킬 수 있고 일본국토를 상실할 수 있는 원전을 계속 유지해야 하나? 저자는 '기술 일본'을 외친 학자들을 질타한다. "연료패럿-연료피복관-원자로압력용기-원자로격납용기-원자로건물이라는 '오중의 벽'을 통해 방사성물질의 비산은 억제된다."라는 오래된 노래는 그러나 멜트다운과 수소폭발을 일으킨 후쿠시마 제1원전의 무참한 모습에 의해 완전한 오류였다는 것을 적나라하게 폭로하고 말았다고 했다.

그렇다면 누가 '원전 찬양'의 송가를 부르기 시작했나? 대체 어떤 세력들이 뭉쳐서 언제 얼마나 갈라질지 모르는 일본 대지에다 54기나 되는 원전을 세우게 했나? 키모토 쿄지는 시무라 가이치로의 저서 『도쿄전력제국 그 실패의 본질』의 표지에 나온 "돈다발로 정치가를, 낙하산 포스트로 관공서를, 기부금으로 학계를, 윤택한 홍보비로 언론을 지배하고 '원전안전신화'를 만들어 온 도쿄전력"이라는 문장을 인용하고 있다. 그리고 그는 말한다.

'원자력마을'이라 불리는 국내지배체제는 전력회사·원자력산업·업계관련 국회의원·감독관청·원자력학계·언론 등으로 구성되어 있는데, 그것을 유지하는 돈은 연간 약 2조 엔에 달하는 전력회사의 투자와 매년 약 4500억 엔이 책정되는 원자력 관련예산을 합친 약 2.5조 엔이며, 국민이 전기요금과 세금의 형태로 지불한 것이다.

저자는 일본 원전의 '내진설계심사지침'에 대해서도 따끔한 일침을 놓는다.

애초에 내진설계심사지침이라는 것은 신규로 설계하는 원전에 적용하는 것이며 그 경우에만 신(新) 내진지침은 구(舊) 내진지침보다 아주 조금 안전하게 규제했다고 할 수 있다. 그것을 운전 개시로부터 40년 가까이 지나 노후화한 원전에 '백 체크'라 칭하면서 적용하면, 결국은 "지금 상태 그대로도, 혹은 조금만 보강공사를 하면 신 내진지침에 적합하다."라는 면죄부를 주는 셈이 될 것이다.

저자는 일본의 방사성폐기물저장소에 대해서도 결코 마음을 놓지 못한다.

일본유수의 지진위험지대인 아오모리현 동부 태평양연안에 있는 여섯 곳의 재처리공장에는 1998년 이후 전국 원전들로부터 대량의 사용 후 핵연료봉이 보내져서 3000톤 가까이 있다. 이곳의 핵연료풀이 지진으로 파손되면, 보관 중인 대량의 핵연료봉을 냉각할 수 없으며 높은 방사선 수준이기 때문에 사람이 다가갈 수 없는 상황이 된다. 또한 상황에 따라 핵연료봉이 용융·폭발하여 대량의 방사성물질이 방출될 수도 있다.

더구나 이들 재처리공장은 어디에 있는가? 저자는 탄식한다.

재처리공장의 바로 아래에 여섯 개의 단층이 있다는 것을 발견했다. 이 단층은 재처리공장 동측 연안에 있는 84킬로미터에 달하는 대륙붕외연 단층이라 불리는 해저 단층과 연결되어, 두 개의 단층을 합친 길이는 100킬로미터나 된다고 추정되었다. 만약 이 커다란 단층이 움직이면 M8.0

수준의 거대지진이 되어 재처리공장에 막대한 피해를 줄 것이 우려된다.

실은 1989년의 여섯 곳의 재처리공장 설치허가신청에 있어서 재처리공장 건설예정지에 f-1 단층, f-2 단층이라는 두 개로 갈라진 활단층이 있었음에도 불구하고, 추진파였던 두 명의 지진학자에 의해 '활단층 은폐'와 '활단층 삭제'가 이루어져 활단층이 아니라고 했던 것이 오고세 스나오의 저서 『검증·위험열도 신판』에 확실하게 서술되어 있다.

나, 석탄이 보기에 이 늙은 엔지니어 학자는 요즘 젊은 세대에서는 정말 찾아보기 드문 '전형적인 애국지사' 같다. 용기와 지성을 겸비한 이 늙은 일본인은 '원자력 마을(마피아)' '내진 설계' '핵폐기물처리' 같은 일본 원전에 국한된 비리 구조에서 멈추지 않는다. 그것의 세계적인 근원을 향해 파고들어간다. 그의 시야는 '원전 건설과 지구온난화론'의 커넥션을 고성능 망원경처럼 포착한다.

요즘은 한국에서도 '이산화탄소를 배출하지 않는 청정에너지'라는 것이 원전의 대표 이미지로 굳어져 있다. 오직 '깨끗함'에 관한 한, 다시 말해 '무시무시한 놈'이란 또 하나의 피할 수 없는 운명을 '깨끗한 보자기'로 잘 감싸고 있는 한, 태양광발전보다 더 어깨를 우쭐거리는 것이 원전이다. 일본도 그렇다. 후쿠시마 원전사고 전에는 '청정 원전' 홍보가 날개를 달고 있었다. 갓파(일본의 상상 속 동물)가 매일같이 텔레비전에 나와서 "원전은 태양광, 풍력과 똑같이 CO_2를 배출하지 않는다."라고 그 똑똑한 얼굴로 자랑해댔다. "지구온난화 방지를 위한 원전", "원전은 저탄소사회 구축을 위한 비장의 카드"라는 말이 언론을 장식했다. 그러나 저자는 단호히 선언한다. "원전은 CO_2를 배출하지 않는 클린에너지라는 말은 인류사상 '최악의 블랙 조크'가 될 수 있다."

후쿠시마 원전사고 직전까지는 거의 '원자력 르네상스'였다. 무엇보다도 지구온난화 방지 대책에서 원전이 구세주로 대접받았다. 그때까지 일본(14기), 미국(32기 이상), 중국(50기 이상), 러시아(40기 이상), 인도(14기)와 같이 원전증설이 계획되어 있었다. 후쿠시마 사고 후 탈원전을 결정한 독일 같은 나라도 있지만 다른 나라들은 원전 추진이 재확인되었다. 이에 대해 키모토 쿄지는 "지진이 일어나지 않는 입지장소를 선정할 수 있고, 폐기물처리용을 위해 건조하며 광대한 무인의 토지가 있으며, 안전을 지키기 위한 기술개선과 실전적인 긴급상황훈련을 진지하게 실시하는 미국에서는 원전의 신설은 허용될 수 있다."라는 양보를 보였다.

석탄발전이 일본을 구한다
– 둘째, "이산화탄소는 거의 무죄다"

여기서 키모토 쿄지는 현재 인류사회에서 '무시무시한 놈'의 운명을 벗어날 수 없는 원자력발전소들이 그래도 지구상에서 가동되어야 하는 가장 확실한 윤리적 정당성인 '지구온난화 방지'에 대해, 즉 '이산화탄소에 의한 지구온난화론'의 허구성에 대해 비판의 날을 날카롭게 곤두세운다. 나, 석탄, 늙었다. 거듭 고백컨대, 원자력 학문이나 이산화탄소 학문에는 까막눈이다.

미국 오크리지 연구소에서 토륨 용융염로를 개발한 원자물리학자 와인버그가 1958년부터 하와이 마우나로아에서 대기 중 CO_2농도측정에 흥미를 가지며 "CO_2가 기후에 미치는 영향 연구는 원전 추진에 쓸 만하다."고 생각한 것이 원전의 발단이 되었는데, 마나베 연구팀이 "CO_2 배증시의 지표기온 상승은 1.3도, 여기에 수증기 피드백을 가미하면

185

2.4도(후에 1.9도로 수정)"라는 계산결과(1964~67년)를 내놓았고, 마나베는 "CO_2에 의한 온난화를 발견했다."는 업적으로 많은 상을 받았다.

더 나아가 마나베는 "지구평균 기후감도는 평균 2.9도, 극지방에서는 7~9도에 달한다."라는 야심적인 계산결과도 발표했다. 이것은 네이처지 1978년 1월호에 발표된 머서의 SF논문을 유발했다. 그 논문은 "CO_2 배증으로 남극빙하가 녹아, 5미터나 해면이 상승하여, 해안도시가 파멸하므로 화석연료의 사용을 줄여야 한다."는 선동적인 것으로, 인간사회에 'CO_2에 의한 지구온난화 공포'를 심어주었다.

마나베의 라이벌이 한센이다. 한센은 1979년 여름 전미과학아카데미에서 구름의 거동을 기술하는 수식을 고안하여 얻은 '기후감도는 4도'라는 계산결과를 발표하여 앞서가는 마나베를 간단히 뛰어넘었다. 한센의 활약에 대항심을 느껴서였는지, 마나베는 1993년 CO_2를 배에서 4배로 올려 계산하여 "CO_2 4배 증시의 기후감도는 4도이며, 북대서양심층순환이 소실된다."고 발표했다. 여기에 지질학자인 브로커가 가세하여 "기후시스템은 불안정한 것이며 CO_2가 증가하면 상태가 비연속적으로 변화할 가능성이 있다."고 주장했다. 만약 북대서양심층순환이 소실되면, 서유럽 국가는 현재보다 훨씬 한랭한 기후가 되므로 마나베와 브로커의 발표는 세계적인 화제가 되어 지구온난화 연구에 풍부한 연구자금을 불러왔으며, 이들의 주장은 2004년에 미국의 SF영화 〈Day after Tomorrow〉의 테마가 되어 이미 '이산화탄소에 의한 지구온난화 상식'으로 무장한 세계인에게 공포와 경악을 새삼 성공적으로 주입하였다.

1988년 아주 더운 어느 여름날, 에어컨을 꺼버린 회의실에서 "이렇게 아주 더운 날씨는 99% 확률로 CO_2에 의한 온난화가 원인이다."라고 발언해서 텔레비전과 잡지의 주목을 받아 '지구온난화의 아버지'라고 불린 한센. 그때도 "석탄화력을 멈추고 원전 건설을 해야 한다."라고 주장했던 한센. CO_2온난화론의 이데올로그인 NASA의 한센은 무언가 일을 벌일 때마다 "석탄화력 폐지, 원전 건설"을 빼먹지 않고 주장했다.

도시샤대학 경제학부 교수인 무로타 타케시는, "CO_2온난화론은 그 탄생부터 원전 추진과 깊이 관련되어 있다."고 지적한다. 와인버그는 1977년에 원전 추진을 목적으로 한 ERDA(Energy Research and Development Administration, 에너지연구개발청)의 'CO_2의 지구규모 영향에 관한 연구그룹' 의장에 취임했는데, 이것이 CO_2를 문제시함으로써 원전 추진을 도모하는 현 국제정치의 단서였다. 미서의 그 논문에도 와인버그의 시사가 작용했을 가능성을 부정할 수 없다.

이러한 미국 쪽의 움직임에 대해 영국의 석탄업계가 멍청히 앉아서 구경만 하지는 않았다. 나, 석탄으로 제1차 산업혁명의 동력이 된 증기기관을 처음 돌렸던 영국 아닌가. 「왜 인위적인 온난화론이 시작된 것인가?」 코니트의 논문이 대표적이다. 나, 석탄에게는 다음의 간편한 정리가 더 이해에 편하다.

1979년에 탄생한 보수당 대처 수상은 화학자였기 때문에 서미트에서 CO_2온난화론을 거론함으로써 정치경험이 없음에도 불구하고 주도권을 가졌다.

보수당은 석탄화력을 폐지하여 원전을 추진하고 전국탄광노동자조합(NUM)의 힘을 쳐냈다. 핵전력 증강을 위해 거대원자력산업이 필요했기 때문에 드리마일 원전 및 체르노빌 원전사고로 국민들 사이에 퍼진 원전반대의 기운을 CO_2온난화론으로 억제시켰다.

해들리 기후예측연구센터가 설립되어 과학기술연구회의는 타 분야의 자금을 깎아서 기후관계에 윤택한 연구자금을 주기 시작했다. 동 연구센터는 현재 IPCC 과학작업부회가 되었다. 여러 분야의 과학자가 자신의 연구와 CO_2온난화론의 관련을 주장하여 정부의 풍부한 연구자금을 얻으려고 활동하기 시작했다.

언론은 극지의 얼음이 녹아서 대홍수가 일어난다든지, 백곰이 자기 집을 잃어서 사멸한다는 등의 이야기를 흘려보냈다. CO_2의 위협은 대중을 획득하기에 적당한 테마였다. 정치가의 언동과 과학자에 의한 많은 경고성 책의 출판이 CO_2온난화론에 외관상 권위를 주고, 일반대중은 일방적인 이야기를 듣고 CO_2에 의한 온난화 공포를 믿기 시작했다.

많은 환경론자가 유행에 따르기 시작했다. 조금이라도 관계있는 환경문제는 CO_2온난화문제가 되어 정부는 자금을 제공하며 대중은 관심을 표했다. 환경론자가 CO_2온난화론을 최초로 거론한 것이 아니라, 그들은 그 움직임에 편승한 것이다.

그 결과, CO_2온난화론에 관하여 정치가, 과학자, 환경론자, 언론이 서로 도와주기 시작했다. 정치가의 지지가 증폭기로 작용하여 그것을 통과할수록 CO_2온난화론은 강화되었다고 코트니는 지적한다.

석탄발전이 일본을 구한다
— 셋째, "태양 활동이 지구온난화의 원인이다."

키모토 쿄지는, "CO_2 온난화론은 허구과학"이라 단정한다. 확고한 과학적 근거 위에서 자신의 주장을 피력한다. 그것은 '태양 활동과 지구 온도의 상관성'이다.

'CO_2 배증 공포'의 쇼킹한 뉴스를 세계에 널리 퍼뜨리는 진원지와 같은 1975년 마나베의 논문에 대해 MIT 기후학 석학 뉴엘은 그것을 신랄히 비판하고 "열대의 해면 온도는 증발에 의해 지배되고 있다."는 이론에 근거해서 "CO_2 배증시의 기후감도는 0.24도"라고 반박했다.

NCAR(미국대기연수센터)의 연구원이었던 휠라는, "기후 모델의 최대 문제는, 자신들이 바라는 결과가 출력되도록 모델을 바꾸는 사람들에 의해 구축되고 있다는 것이다."라고 엄중하게 비판했다.

경제적으로 채굴 가능한 화석연료를 전부 태워도 대기 중의 CO_2농도는 1200ppm 정도다. 이것이 배가 되어도 2400ppm 정도다. 유엔 산하 국제협의체인 '기후변화에 관한 정부간 패널(IPCC)'은 "산업혁명으로부터의 기온상승을 2도 이내로 억제한다."고 제시하고 있기 때문에, 키모토 쿄지는 자신의 계산에 의하면, 인류는 CO_2 문제를 전혀 걱정하지 않아도 좋다고 주장한다. 지표의 기온상승을 계산하는 경우는, 지표의 방사강제력 1.5왓트/평방미터를 사용하는 것이 스테판, 볼츠만법칙에 기초하면 합리적인 것이기 때문에 "화석연료를 전부 태워도 CO_2증가에 의한 기온상승은 1도 미만"이라 생각해도 좋다는 것이다.

더 나아가 저자는, 2018년경부터 태양 활동의 저하에 의해 한랭화가 시작될 가능성이 있고 또 지구의 기온은 초장기적으로는 빙하기를 향하고 있기 때문에 "후세의 인류는 온난화보다도 한랭화와 그것에 수반되는 농업생산력의 저하에 더 고통을 받게 될 것"이라고 경고한다. 나, 석탄과 마찬가지로 일반 시민이 이해하기 어려운 용어들이 섞여 있긴 하지만 다음이야말로 저자의 핵심 주장이다.

태양 활동이 왕성할 때는 기후가 온화하고, 농업생산력이 높고, 문화가 발흥했다. 역으로 태양 활동이 저하했을 때는 기후가 한랭하고, 농업생산력이 낮고, 기근으로 힘들어 했던 것이 인류의 역사이다.

현대의 온난화는 태양 활동의 활발화가 원인이라고 생각하고 메커니즘을 연구하는 것이 과학적인 접근이고, 그 원

리적 출발점은 지표 기온을 지배하는 해표면 온도가 태양
활동에 큰 영향을 받고 있다는 사실이다.

　태양 활동을 태양방사량의 변화로서 잡고 기온과의 상관
을 연구하는 방법에 대한 IPCC의 비판은, 태양 흑점이 극
대와 극소 때의 태양방사량의 변화가 불과 0.1%에 지나
지 않기 때문에 그렇게 큰 기온변화가 생길 리가 없다고 하
는 것인데, 여기에는 함정이 있다. 태양방사량의 0.1%는
약 1.4왓트/평방미터 정도인데, 그 4분의1이 지구에 입사
하기 때문에, 0.35왓트/평방미터의 영향을 주는 것이 되고,
태양 활동의 활발한 상태가 흑점주기의 2사이클이나 계속
되면 충분히 큰 기온상승을 일으킨다. 이것에 대하여 IPCC
는, 1750~2005년의 온실효과가스 증가에 의한 방사강제
력을 1.6왓트/평방미터로 하고 있기 때문에, 태양방사량에
있어서 0.1%의 변화 영향의 약 4.6배인데, 온실효과가스
에 의한 방사강제력은 지표의 기온을 지배하고 있는 해표
면 온도를 거의 상승시키지 않는 것이다. 태양 활동의 영향
을 무시하고, 온실효과가스의 증가만을 요란하게 떠들어대
는 IPCC의 논리파탄은 명백한 것이다.

저자는 덧붙여 주장한다. 최근의 이상 기후들은 태양 활

동에서 비롯한 것이지 이산화탄소의 지구온난화에서 비롯하지 않았다는 것이다. 가령, 2010년을 보자. 그해 봄은 한겨울만큼 추운 날이 많았는데, 여름이 되자 아주 더운 날이 연일 계속되었다. 러시아에서는 평년보다 9~10도나 높은 상태가 계속되어 모스크바 근교의 이탄지가 자연 발화했고, 중부와 남부의 곡창지대에는 가뭄이 퍼져서 러시아는 곡물 수출을 금지했다. 또 중국에서는 장마가 계속되어 각 지역에서 홍수피해가 발생했다. 반대로 남미에서는 강설기록이 없는 지역에서 눈이 내리고, 브라질에서는 수만 두의 가축이 추위로 죽었다.

이들 이상기상은 편서풍의 사행이라는 하나의 요인으로 전부 설명되는데, 문제는 왜 편서풍이 사행했는가이다. 1988년에 체코의 부카는, "태양 활동이 저하하면, 통계적으로 봐서 편서풍이 사행하기 쉽다."라는 설을 발표했다. 부카의 이론에 의하면, 2010년의 이상기상의 원인은 태양 활동의 저하에 있다고 설명할 수 있다.

"CO_2증가에 의한 온난화의 증거"라고 떠드는 IPCC파의 학자들이 틀렸고, 편서풍의 사행이 원인이라고 진단한 기후학자 팀볼이 옳다는 것이다. 일본의 태풍만 보아도 그렇다고 한다. CO_2 농도가 상승한 최근보다도 훨씬 옛날에 거대 태풍이 많았는데. 이것도 "CO_2가 증가되면 해표면 온도가 올라가 거대태풍이 엄습한다."라는 온난화론자의 위협이 틀렸다는 증거라는 것이다.

키모토 쿄지는 북극 상공의 오존홀 발생도 거론하고 이산화탄소에 의한 지구온난화의 허구과학에 대한 결론을 내린다.

2011년의 초봄에 관측사상 처음으로 북극 상공에 오존홀이 발생하여, 큰 화제가 되었다. CO_2 온난화론자들은 재빠르게 "CO_2 등의 온실효과가스에 의한 성층권 냉각이 원인이다."라고 코멘트 했는데, 이 생각은 완전히 오류라는 것을 지적했다.

라빗케의 데이터에서는 태양전파 10.7센티미터 플락스가 낮을 때는 성층권의 온도가 마이너스 80도까지 저하한다고 나타나 있어서, 오존홀이 발생했던 마이너스 80도라는 조건을 만족하고 있다. 이것에 아이슬란드의 화산 분출에 의한 오존 파괴를 가미하면 사상 초유의 오존홀 발생을 충분히 설명할 수 있다.

이 비교로부터 CO_2의 온실효과로 기온이 3.5도나 상승했다고 하는 설은 부정할 수밖에 없다. 오히려 CO_2보다도 훨씬 강력한 온실효과를 갖는 수증기가 증가해서 기온을 상승시켜 빙하기를 끝나게 했다고 마땅히 생각해야 할 것이다. 현대 기온상승의 0.6도 중에는 히트 아이랜드(heat island, 도시열섬) 현상과 태양 활동 활발화의 기여 및 CO_2 이외의 온실효과가스와 매연에 의한 온난화가 포함되어 있어서, 순수한 CO_2의 기여는 0.1도 정도이다.

키모토 쿄지는 덴마크의 아주 똑똑하고 집요한 그 통계학 교수를 모르는가? 안다면, 저서에 인용도 했을 텐데……. 최소한 나이를 수만 년이나 먹은 나, 석탄은 용케도 그의 이름을 기억한다. 비외른 롬보르. 이 교수는 "통계학이라고 하면 끝없이 늘어선 숫자를 지루하게 검토하는 일이라고 연상"하는 세상 사람들의 통념에 대해 참 재밌는 반박을 했다. "통계학은 조사 자료를 가지고 근거 있는 속설에 맞선다는 점에서, 그리고 이 세상을 더 선명하게 볼 수 있도록 한다는 점에서 정말로 손에 땀을 쥐게 하는 학문이다."

비외른 롬보르가 손에 땀을 쥐고 썼을 저명한 저술이 있다. 『회의적 환경주의자』라는 책이다. 지난 2001년에 영어

판이 발간되어 세계 언론의 극찬을 받으면서 꼭 그만큼 세계 환경단체의 비난을 받았다. 한국어로는 홍욱희 세민환경연구소장과 김승욱 전문 번역가가 함께 번역하여 2003년 8월에 출간되었다(서울, 에코리브르). 저자가 통계학자라고 말했지만, 문제의 저서는 한국어판이 총 1,067쪽인데 책 뒤에 붙은 주석 부분만 무려 280쪽을 헤아린다. 이것은 지구의 미래에 대한 비관적 환경론자들의 오류, 그 그릇된 속설에 맞서는 그의 통계학적 '조사 자료'들이 얼마나 방대하고 얼마나 철저한가를 인상적으로 보여준다.

『회의적 환경주의자』는 당연히 〈지구 온난화〉를 중요하게 점검하고 있다. 나, 석탄은 딱 한 장면, 특히 바닷가 인간들을 벌벌 떨게 만들 수 있는 속설 – '지구 온난화가 해수면을 상승시켜 끔찍한 사태가 발생하게 된다'라는 속설에 대한 그의 반론만 들려주겠다.

지구 온난화 때문에 해수면이 몇 미터씩 상승하고 극지방 빙산이 녹아내린다는 주장이 자주 제기된다. 유네스코의 기관지 〈유네스코 쿠리어 UNESCO Courier〉에 실린 한 기사는 거대한 빙산이 떨어져나오는 사진을 제시하면서 이렇게 묻는다. "지구 온난화가 극지방의 빙산을 녹여버릴 것인가?"

그렇지만 이런 걱정에는 전혀 근거가 없다. 맨 처음 사용된 모델들이 극단적인 해수면 상승을 예언한 것은 사실이지만 이후 해수면 상승 예상치는 지속적으로 낮아졌다. 전 세계의 해수면 수위는 지난 100년 동안 10~26센티미터 상승했으며, 앞으로 100년 동안 31~49센티미터 더 상승할 것으로 전망된다. 그런데 수위 상승분의 약 4분의 3은 수온이 높아져 물의 부피가 팽창한 데 따른 것이며, 빙하의 변화와 빙산에서 녹아내리는 물 때문에 높아진 수위는 전체 수위 상승분의 4분의 1에 불과하다. 따라서 앞으로 1세기 동안 그린란드는 해수면 상승에 사실상 영향을 미치지 않을 것이며(2.5센티미터 상승), 남극 대륙은 해수면이 오히려 약 8센티미터 정도 낮춰줄 것이다.

여기서 『회의적 환경주의자』는 "해수면이 40센티미터 상승하는 경우 연중 해일을 경험할 위험이 있는 인구가 2080년대에 7,500만~2억 명 정도 증가할 것"이라는 IPCC의 예상에 대해 "이런 수치를 뒷받침하는 모델에서는 여러 가지 이상한 사실을 발견할 수 있다"며 "결과적으로 해일 위험에 처하는 인구는 오늘날 1,000만 명 수준에서 2080년

대에는 약 1,300만 명 정도밖에 되지 않을 것"으로 예측한
다.

석탄발전이 일본을 구한다
– 넷째, "이소코석탄발전소를 주목하라"

이산화탄소가 지구온난화의 주범이라는 현재의 인류적인
상식을 깨뜨리려는 키모토 쿄지의 노력이 어떤 성과를 거
둘 수 있을까? 그의 과학적인 반박과 논증도 거대한 벽을
향해 던지는 돌멩이 하나, 달걀 하나에 불과할 수도 있다.
설령 그것이 상당한 진실을 담보하고 있다 할지라도.

나, 석탄은 키모토 쿄지 같은 과학자들의 주장에도 차분
히 귀를 기울이고 있다. 나, 석탄을 태우는 것이 지구온난
화의 주범이라는 비난을 듣기 싫어서 그러는 것은 아니다.
그들의 주장이 진실이라 해도 나를 태우는 것이 지구온난
화에 기여하고 있는 것만은 틀림없는 사실일 텐데(비록 마
나베, 한센 같은 과학자들의 주장만큼은 아니라 할지라도),
그 비난에 내가 뭐 그리 기분 나빠 하겠나. 사실은 사실대
로 인정하면 된다. 키모토 쿄지 같은 과학자들의 주장이 더

옳다면 나를 태우는 것의 지구온난화에 대한 책임이 크게 줄어들 것이고, 마나베나 한센 같은 과학자들의 주장이 더 옳다면 나를 태우는 것의 지구온난화에 대한 책임이 현재 인간사회의 상식 그대로일 것이다. 인간이 '증기기관'을 발명한 제1차 산업혁명 때부터 현재까지, 온실가스든 태양 활동이든, 또는 둘의 합작이든, 지구온도가 상승한 것만은 부인할 수 없으니, 나, 석탄은 이런 비난이든 저런 옹호든 인간들의 주장들을 그저 묵묵히 달게 받을 수 있다.

문제는 이제부터다. 키모토 쿄지 같은 과학자들의 주장이 옳다면 인간사회가 앞으로 120년은 나를 더 태우면 되겠지만, 그것을 믿지 않는 범인류적인 상식을 파괴할 방안이 없으니 인간사회가 나를 버리기로 한다면, 나를 그냥 땅속에서 잠이나 자게 내버려두기로 한다면, 거듭 말하거니와 석탄 족속으로서야 더할 나위 없는 행운인데, 공장들을 돌려야 먹고사는 인간들은 어쩌나? '무시무시한 청정 원전'과 계속 함께 가야 하나, 원전도 석탄발전도 폐쇄하고 신재생발전으로만 가야 하나? 이것도 저것도 심각한 문제를 안고 있다는 점은 누누이 말해왔고, 그래서 나, 석탄은 인간들에게 향후 50년이나 100년 동안의 전력 구성비는 '하얀 석탄'으로서의 석탄발전을 적어도 현재와 비슷한 비중으로 가는 것이 현명하고도 실현가능한 방법이라 일깨웠다. 인간사회가 해마다 60억 톤이나 불태우는 석탄을 앞으로 120년이나 더 쓸 수 있다는 점도 석유 40년(쉘오일과 오일샌드의 개발로 연장), 천연가스 60년(쉘가스혁명으로 250년으로 연장), 우라늄 100년에 비해 매력적이지 않나.

키모토 쿄지, 이 일본인도 나, 석탄과 비슷한 결론을 내놓았다. 일본이 에너지정책에서 선택할 수 있는 정답은 원자력발전을 폐쇄하고 '석탄화력발전'을 더 큰 주축 에너지로 삼아야 한다는 것이다. 그의 최종 주장은 이렇다.

첫째, 일본은 지진 때문에 원자력에 의존해서는 안 된다.

둘째, 석탄보다는 LNG가 친환경적이긴 하지만 LNG는 지진에 취약해서 대화재로 이어질 위험성이 큰데다 일본에는 LNG가 나지 않으니 전량 수입에 의존하는 것은 '에너지 안보'의 차원에서도 심각하게 봐야 한다. 비용면에서도 현재는 석탄에 비해 두 배 가까이 투입돼야 한다.(LNG를 이용하려면 수출국 측의 액화설비와 LNG탱크, 해상수송용 유조선, 수입국 측의 LNG탱크, 배송을 위한 LNG탱크로리, 사용현장의 기화설비 등을 갖춰야 하고, 거기에는 긴 시간과 큰 자금이 필요하다.)

셋째, 메가 솔라, 좋다. 태양광발전, 풍력발전, 정말 좋다.

그런데 메가 솔라는 1헥타르에서 551~667kw 정도를 생산하지만, 석탄발전은 1헥타르에서 10만kw 정도를 생산한다. 석탄화력이 메가 솔라보다 150~180배나 토지를 유효하게 이용하고 있다. 지금은 노는 땅이어도 언젠가는 공업용, 주택용, 농지용으로 사용될 가능성이 있는 광대한 토지를, 일본처럼 국토가 좁은 나라에서 '고작 발전'을 위해 장기간에 걸쳐서 점유해도 좋은 것인가. 더욱이 메가 솔라의 출력은 어디까지나 표면상 값이고, 밤에나 비 오는 날은 발전할 수 없기 때문에 가동률은 12% 정도로 알려져 있다. 이러니 태양광발전에 매달릴 수야 없다.

그러므로 무엇이 일본의 전력문제를 해결해줄 수 있겠나? 그래서 무엇이 일본산업을 구해주고 일본사회를 구해줄 수 있겠는가? 키모토 쿄지는 단언한다. 그것은 바로 "석탄화력발전"이라고. 다만, 그가 '하얀 석탄'이라는 대안까지 내놓지는 못했다. '하얀 석탄'에 대해서도 "이산화탄소에 의한 지구온난화 주장은 허구과학"이라고 주장하는 그만큼의 노력을 기울였더라면, "석탄화력이 일본을 구한다!"는 그의 외침은 더욱 알차게 빈틈이 없어졌을 것이다. 그러나 저자는 책에서 나, 석탄이 시종일관 떠들고 있는 '하얀 석탄'의 사촌동생쯤 되는 하나의 사례를 들고 있다. 자신이 살고 있는 요코하마의 이소코석탄화력발전소다.

이소코석탄화력발전소. 키모토 쿄지는 이웃과 같은 거기
에 가서 석탄발전의 밝은 미래, '하얀 석탄'에 대한 생각에
는 못 미쳤으나, 거의 '하얀 석탄'에 육박하는 석탄발전의
미래를 희망찬 눈으로 바라보았다.

'하얀 석탄'으로 가는 출발, 이소코석탄발전

키모토 쿄지는 책의 마무리에 이르러 안도의 긴 한숨을
내쉬듯이 이렇게 말하고 있다.

저자가 살고 있는 요코하마에는 이소코화력발전소가 있
는데, 여기는 출력 120만킬로와트의 최신예 석탄화력발전
소이다. 연료인 석탄은 국내탄과 해외탄을 사용하고 있으
며, 하루에 5천 톤을 소비하기 때문에, 10만 톤 용량을 비
축하는 사일로가 설치되어 있다. 배로부터 석탄의 반입에
는, 밀폐파이프 내의 벨트를 공기로 부상시켜서 반송하는
방식이 이용되고 있으며, 석탄분진의 비산방지, 소음과 진
동의 저감에 효과적이다. 반입 때에 배의 디젤엔진을 사용

하면 배기가스가 나오기 때문에 발전소로부터 전력이 공급되도록 되어 있고, 도시형화력발전소 특유의 주의가 요구된다. 발전에는 미분탄연소의 시스템이 채용되어 있고, 연간 38만 톤 발생하는 폐기물의 석탄재는 시멘트 원료로서 거의 전량 유효하게 이용되고 있다. 이소코화력발전소의 증기 조건은 초초임계를 채용하고 있고, 세계 최고 수준의 효율을 달성하고 있다.

일본 정부가 현재 "일본 석탄발전의 모델"이라 자랑하는 요코하마 이소코석탄화력발전소. 이 석탄발전의 구체적 실태는 일본의 국가적 에너지정책과 어떤 차원의 맥락을 형성하고 있나? 나, 석탄은 '일본국제금융정보센터 아시아부'에 근무하는 한국인 윤민호 박사의 글을 참조하겠다.

일본 에너지정책의 지각변동을 촉발한 것은 물론 2011년 3월 11일 발생한 후쿠시마 원자력발전소 사고였다. 일본 내 '가동 원전 48기' 전부가 운전을 정지하고, 이에 따라 화력발전 의존도가 급격히 확대되었다. 화력발전의 공급 비율은 원전사고 이전인 2010년 60%에서 2013년 89%, 2014년 88%, 2015년 86%로 급상승했다. 수력, 풍력, 태양광, 지열 등 친환경 재생에너지의 비율은 2011년 11%에서 2015년 15%로 조금 증가했다.

일본 정부의 에너지문제 기본방침은 S+3E 개념이다. Safety(안정성)에, Energy Security(에너지 안정공급), Economy Efficiency(경제효율성), Environment(환경적합)을 종합적으로 달성하는 것을 목표로 한다. 석탄발전은 그 방침과 목표에 가장 적합하다. 단, 문제는 하나, 석탄발전의 '환경적합성'이다.

석탄발전의 최대 문제는 환경부담을 최소화하는 것이다. 미세먼지 극소화 달성, 이산화탄소 배출문제 해결. 이것이 두 가지 쟁점이다. 길은 하나다. 첨단기술과 첨단설비를 개발하여 석탄발전에 장착하는 것.

세계 최고 수준을 자랑하는 일본 화력발전의 열효율은 발전기기의 발전과 함께 비약적으로 향상되고 있다. 발전기기의 대용량화, 효율성 향상, 증기조건의 고온고압화 초초임계압(Ultra Super Critical; USC의 증기온도를 약 600도로 높임) 및 그 조건에 견디는 재료 개발, 열의 재이용, 가스터빈과 증기터빈을 혼합 사용하는 콤바인드 사이클 발전 채용, 가스터빈의 연소 온도 고온화 등이 그 목록이다. 여기서 멈출 리 만무하다. 증기발전의 증기온도를 700도까지

높인 차세대 초초임계압(A-USC; Advanced USC) 개발, 콤바인드 사이클 발전의 1,700도급 가스터빈 개발이 국가 프로젝트로 진행되고 있다.

석탄을 가스화하고 콤바인드 사이클 발전과 혼합한 석탄가스화복합발전(IGCC; Integrated Gasification Combined Cycle) 기술은, 정부와 전기업체가 공동으로 건설한 25만킬로와트급의 실증 플랜트에서 순조롭게 진행되어 상업용으로 운전되고 있다. 콤바인드 사이클 발전에 연료전지를 혼용한 트리플 콤바인드 사이클 발전도 개발하고 있다. 머잖아 비약적인 열효율 향상에 성공할 것이다. 열효율 향상은 당연히 '땔감' 소비를 줄여주고 그만큼 오염가스 배출을 줄여준다. 이산화탄소 분리 회수 기술, 바이오매스 이용 확대 기술, 연료의 가격 교섭력 향상에 적합한 저품위 연료 활용 기술, 수소나 암모니아 등 새로운 에너지 저장 기술 등도 활발히 개발되고 있다.

이러한 정보들은 나, 석탄이 듣기에는 한국에서도 낯선 것이 아니다. 하지만 어쩐지 어딘가 모르게 한국보다 일본이 앞서가는 것 같고 더 활발한 것 같다.

2015년 6월 산업계·학자·관료 전문가들로 '차세대화력발전 조기실현을 위한 협의회'를 설치한 일본 경제산업성은 2016년 6월 그 기술로드맵을 최종 정리했다. 나, 석탄의 눈에는 네 가지가 불거져 보인다.

2030년의 온실효과 가스 삭감 목표의 달성을 위해 화력 발전의 고효율화 실행을 강력히 추진한다는 것, 에너지 구성의 관점에서 현재 석탄발전에 대한 성급한 삭감은 현실적이 아니라는 것, 차세대 기술에 의한 석탄발전의 대폭적인 고효율화와 저탄소화가 그 정답이라는 것, 그리고 2030년경 수소발전 본격 도입을 위한 관련 기술개발의 실증을 조기에 실현하자는 것.

현재, 일본의 대표적인 최첨단 석탄발전 기술과 설비는 어떤 것인가?

첫째, A-USC(Advanced Ultra Super Critical); 2016년경에는 기술확립, 발전효율 46%, 종래의 기기와 같은 발전단가. 둘째, IGCC(석탄가스화복합발전); 중형공기주입의 기술확립 완성, 산소주입기술의 2018년 확립, 발전효율 46~50%, 양산 후 종래의 기기와 같은 발전단가. 셋째, IGFC(석탄가스화연료전지복합발전); 2025년까지 기술확립, 발전효율 55%, 양산 후 종래의 기기와 같은 발전단가.
넷째, 이산화탄소 분리회수기술; 고체흡수법, 물리흡수법,
막분리법, 크로스트 IGCC, CCU기술(조류바이오), 인공광
합성, 화학제품이용 등.

    지구온난화 방지를 위한 석탄발전의 효율성 향상 문제가
크게 대두한 요즘, 일본에는 발전효율과 환경성능에서 세
계를 선도하는 석탄발전 기술이 있고 더 혁신적인 기술이
개발되고 있다.
    일본 석탄발전의 성능을 상징하는 J파워의 이소코석탄화
력발전소. 인구 370만 명 대도시인 요코하마시 중심부에
서 불과 2킬로미터에 위치하며, 수도인 도쿄에서 직선거리
로 약 20킬로미터에 불과하다. 너비는 도쿄돔의 2.5개분에
상당하는 약 12헥타르. 높게 치솟은 200미터 굴뚝에는 연
기가 전혀 보이지 않는다. 수증기인 흰 연기마저 찾아볼 수
없다. 석탄화력발전소라고 하면, 검은 연기든 허연 증기든
뭉게뭉게 나오고 있는 것이 일반적인 이미지이지만, 이소
코발전소는 거의 완벽한 청결 시스템을 실현하고 있다. 그
굴뚝의 100미터 지점에 설치된 배출 가스와 먼지에 대한
센서는 실시간 온라인으로 요코하마시 당국에 그 실태를

있는 그대로 생생히 알려준다. 삭스, 녹스의 수치가 0.00을 나타내는 시간이 길기도 하다.

이소코석탄발전은 1967년에 구1호기가, 1969년에 구2호기가 운전을 시작했다. 그 후 리플레이스(replace)를 거쳐 구형 두 기는 사라지고 신1호기가 2002년, 신2호기가 2009년 운전에 들어갔다.

현재 발전효율이 저위발열량 기준(석탄을 연소시켰을 때의 발열량을 나타내는 조건으로서, 석탄에 포함되는 수분의 증발에 필요한 열량을 발열량에 포함하지 않는 것)으로 약 45%, 세계 정상의 고효율 석탄화력발전소이다. (화력발전의 대부분을 석탄에 의지하는 중국은 평균 34%, 인도는 28% 정도의 발전효율에 머물러 있다.)

이소코석탄발전의 리플레이스 포인트는, 고온·고압을 견뎌낼 수 있는 재료를 개발하여 초초임계압이라는 세계 최고 수준의 최신예 발전 기술을 실현하는 것이었다. 이래서 발전효율이 종래의 약 40%에서 5%나 더 비약적으로 높아졌고, 단위 발전량당 이산화탄소 배출량도 약 17% 줄어들었다. 유황산화물(SOx)이나 질소산화물(NOx), 매진(煤塵)의 배출량도 극히 적어졌다. 분진은 99.97% 잡아낸다. 삭스, 녹스는 배출(ppm) 수치는 0.01, 0.05 수준이 지속된다. 실시간 계측 수치가 0.00을 나타내는 경우도 잦고 길다. 삭스 제거에는 활성코크스에 흡착시키는 건식탈황 장치를 일본의 발전 설비로서는 최초로 채택하여 95% 이상 높은 탈황 효율을 실현했다. 기술개발과 투자가 가스 배출량에서 천연가스(LNG)화력발전과 같은 수준에 도달하게 만든 것이다.

초초임계압 기술의 실용화를 선도적으로 이룩한 이소코발전소(J파워)는 차세대 첨단기술 확보를 위해 이미 복수의 프로젝트를 추진하고 있다. 선진형 초초임계압(A-USC) 기술 개발, 가스터빈과 증기터빈을 조합시키는 석탄가스화복합발전(IGCC), 연료전지와 가스터빈과 증기터빈이라는 3종 혼합 발전 형태인 석탄가스화연료전지복합발전(IGFC)의 개발도 본격화하고 있다.

2030년을 목표로 하는 IGFC가 개발되면, 열효율 55% 이상이라는 경이적인 성능의 화력발전이 가능해지고, CO_2의 포집기술 적용과는 별도 발전설비 자체로서도 CO_2 배출을 대폭 삭감할 수 있다.

J파워는 이미 2012년부터 주고쿠전력과 공동으로 히로시마현 오사키카미지마초에서 IGCC실증 플랜트를 건설하는 중이다.

이소코석탄화력발전소를 책임지고 돌리는 코타니 쥬소

소장은 회사를 찾아온 모든 방문객에게 환히 웃는 얼굴로 당당하게 설파한다.

"석탄발전은 더러운 에너지가 아니다. 최신기술과 설비, 성실하고 철저한 관리, 관계기관의 협력 등을 통해서 얼마든지 석탄을 청정에너지로 바꿀 수 있다."

한·중·일 석탄발전기술 교류가 절실한 이유

현재 동북아시아 지역에서 미세먼지(PM2.5), 광화학산화물을 다량 포함한 황사 등 대기오염 물질이 국경을 넘어 일으키는 환경문제는 국가간 미묘한 문제로 대두해 있다. 이를 해결하기 위한 2개국간 혹은 다국간(발생국가를 포함) 체결된 지역적 환경협정이나 조약이 아직은 없는 실정이다.

1999년부터 열린 한국·중국·일본 3개국 환경장관회의는 3국간 환경문제 해결을 위한 협의체로 운영되고 있다. 국경을 넘어 지구 규모로 확대되고 있는 대기오염의 월경문제는 어느 한 국가만의 노력으로는 해결될 수 없다는 인식을 공유한 것이다.

지정학적으로 중국과 인접해 있고 편서풍으로 중국의 영

향을 크게 받는 한국과 일본은 중국에서 발생한 PM2.5와 황사 등 대기오염 물질이 중대한 환경문제다. 발생당사국과 상호협력해서 함께 대처해야 한다. 중국 발 미세먼지는 경제적 고도성장을 구가해온 중국의 석탄발전 중심 에너지 고도성장이나 시멘트산업 급성장과 직접적으로 맞물려 있다. 시멘트 산업은 별개로 다루더라도, 여기서 중국이 석탄발전에서 최고효율의 기술과 설비를 최대한 빠른 속도로 도입하는 것이 대기오염 문제에 가장 빠르게, 가장 실효성 있게 대처하는 방안이다.

중국대륙에서 발생한 PM2.5 등 대기오염 물질은 편서풍을 타고 한국과 일본으로 날아든다. 편서풍은 적도에서 북위 30~60도 혹은 남위 30~60도를 중심으로 지구의 서쪽에서 동쪽 상공으로 연중 내내 부는 자연의 현상이다. 한국과 일본은 중국에서 불어오는 편서풍 영향권의 동쪽에 위치하기 때문에 어쩔 수 없이 크게 영향을 받는다. 특히 봄철이 되면 개발박차와 환경파괴가 동시에 진행된 중국 중앙부와 북서부 사막 지역에서 발생한 황사가 고도 2000미터까지 상승하면서 편서풍에 편승하여 한반도와 일본 서부 지역에 PM2.5를 포함한 대기오염 물질을 운반한다. 거리상으로 중국과 가까운 한국의 피해는 일본에 비하여 더 크

지만, 일본 서부지역인 큐슈지방도 겨울에서 초여름까지
황사 대기오염으로 농업을 비롯한 여러 분야에서 많은 지
장을 받고 있다. 이러한 상황에서 해마다 발표되는 중국의
대기오염 실태는 중국 내에서도 점점 심각한 수준으로 가
고 있다. 중국 전역의 4분의1과 전인구 중의 6억여 명에게
악영향을 미치고 있다고 한다.

한국 중국 일본, 이들 가운데 중국에서 날아오는 미세먼
지 때문에 제일 골머리 아픈 나라는 한국이다. 한국은 민간
차원에서도 신경을 곤두세우고 있다. 2016년 늦가을부터
한국 국민에게서 이른바 '최순실 국정농단 사태'에 연루된
게 아니냐는 따가운 의혹의 눈초리를 감당하고 있는 전국
경제인연합회(전경련)이 그래도 예정대로 11월 24일 서울
여의도 전경련 컨퍼런스센터에서 〈한중일 미세먼지 대응
및 국제공조 방안〉 세미나를 개최했다. 이것이 최근의 대표
적 사례다.

그날 송철한 광주과학기술원 교수는 "중국과의 국제공조
가 없다면 10년 후 런던, 파리 수준으로 미세먼지 농도를
낮추겠다는 한국 정부의 목표 달성은 쉽지 않다"고 밝혔다.
나, 석탄의 기억으로는 환경부가 2016년 6월에 "10년 내에
서울의 초미세먼지 농도를 현재 23ug/㎥에서 유럽 주요 도

시 수준(런던 15, 파리 18)으로 개선하겠다."고 큰소리쳤던 것 같다. 이에 대하여 중국에서 날아온 교수(김철 중국정법대)는 "중국도 2017년까지 미세먼지에 300조 원을 투입할 계획을 하는 등 대응책 마련에 강한 의지를 갖추고 있다. 단기적으로는 한중일 환경장관회의와 파리협약을 적극 활용하고, 장기적으로는 3국이 함께 장거리월경대기오염협약(CLRTAP)에 가입하는 방안을 고려해야 한다."고 맞장구를 쳤다.

그래. 맞다. 중국에서 날아온 교수의 발언에는 미세먼지가 묻어 있지 않다. 양심이 하얀 상태다. 그가 급한 대로 적극 활용하자고 제안한 3국 환경장관회의?

한중일 3국 환경장관회의는 2013년부터 PM2.5의 대기오염에 대한 심각성을 인식하여 정부간 정책대화를 본격적으로 시작했다. 역내적으로나 역외적으로나 이제는 넓은 공감대를 형성한 그 대화는 본격적인 모니터링을 중심으로 하는 대기오염 대책과 기술적인 정보교환 등을 통해 근본적 해결책을 찾는 방향으로 움직이고 있다.

오늘날 세계의 발전 전력량에서 약 40%를 차지하는 석탄발전들, 이들 대부분은 이산화탄소 배출량이 많은 '구식 석탄발전'이다. 현재 이소코석탄발전보다 더 석탄발전의 효율이 상승한다면, 지구온난화 억제에 획기적으로 공헌할 수 있고, 자원도 절약할 수 있다. 세계의 석탄화력발전 설비는 2035년까지 무려 1500조 원(150조 엔)의 수요가 예상되고 있다. 그래서 첨단설비와 기술을 장착한 석탄발전의 세계화는 시급한 실정이다. 그 분야의 기술력으로는 일본이 앞서 있다. 고압증기로 터빈을 돌리는 초임계압 기술을 필두로 하여 초초임계압 기술에서 우위를 점하고 있다. 발전효율은 세계 정상 수준이다.

일본 정부는, 세계 3대 이산화탄소 배출국인 미국, 중국, 인도 3국이 모든 석탄발전에 '초초임계압'을 적용시키면, 일본의 연간 이산화탄소 배출량보다 많은 약 15억 톤을 삭감할 수 있다는 예측을 발표했다. 최근, 중국에서는 일본의 최신예 석탄화력기술인 초초임계압을 채용한 발전소의 운용을 시작했다. 일본의 J파워가 약 50억 엔을 출자하고, 기술담당 임원 2명을 파견해서 운영을 지원하고 있다. 물론 중국에도 2006년부터 초초임계압 석탄화력이 등장하여, 현재 100만 킬로와트급만 약 50기 이상이 가동되고 있다. 그러나 이들 초초임계압 발전소들은 발전소 운영이 그다지 순조롭지 못하다. 그 이유는, 발전보일러나 터빈 등 주요설비가 거의 중국제이고 발전소 건설도 자국기업이 하고 있지만 실제 운전경험이 아직은 짧다는 데 있다. 반면에 J파워는 세계 발전사업자들 중에 유일하게 약 20년 이상 초초임계압의 운전경험을 보유하고 있다. 이것이 현재 중국 초초임계압 발전소의 안정 가동에 도움을 주고 있다.

중국의 심각한 대기오염의 근본적인 원인은 경제성장 우선정책을 환경오염 대책이 따라잡지 못했기 때문이라는 지적도 있다. 후발 산업국가들의 공통적인 취약점이다. 경제와 산업의 부흥은 필연적인 반대급부처럼 환경문제를 야기해왔다. 그러나 이제 세계경제를 이끄는 막강한 지역블록을 형성한 한중일 3국은 환경문제에 대한 대화와 협력을 더욱 적극적으로 진행해야 한다. 정치적인 문제가 국경을 초월하는 환경오염 문제를 덮을 수는 없다. 다행히 2015년 말부터 재개된 한중일 정상회담에도 환경문제가 책상 위에 올랐다. 석탄발전의 최첨단화도 3국간 주요 현안과제로 다뤄져야 한다. 대기오염, 미세먼지, 온실가스의 주범으로 지목되는 오염물질이 3국의 국경을 넘나들고 있으며, 특히 중국에서 발생한 황사문제는 한국과 일본 큐수지역에 직접적으로 중대한 악영향을 끼치기 때문이다.

정상회담에서 한중일 3국의 리더들은 기술력의 자존심 대결이나 정치적인 이슈를 넘어서는 철학과 용기를 통해

'공생의 차원'을 직시할 수 있어야 하며, 그래서 석탄발전 기술과 설비의 상호교류와 상호지원에 대하여 '공생의 큰 틀'에서 정책적으로 뒷받침할 수 있어야 한다. 이것은 현재 세대와 미래 세대를 위해 한중일 3국의 '진정한 리더십'이 실현해야 할 소중한 책무의 하나이다.

나, 석탄은 한국 일본 중국 세 나라의 리더들이 〈'하얀 석탄'을 동북아지역에서 선도적으로 실현하여 세계 에너지정책의 새로운 비전과 환경대책의 모델을 제시하자〉라는 공동성명을 발표하는 자리를 반드시 지켜보고 싶다. 그 자리에서 최소한 수만 년이나 늙은 이 몸이 청년처럼 벌떡 일어나서 환호성을 지르며 열렬한 기립박수를 보내고 싶다.

일본을 구하는 석탄발전이 한국은 망하게 하나

'청정 석탄발전'에 한국 정부는 무심했나? 이건 오해다. '수도권 미세먼지와 석탄발전', '경주 강진과 원자력발전'의 상관관계가 사회적으로 불쑥 솟아난 2016년 이전에는 그 방면의 국정홍보가 밋밋했고 국민도 관심을 기울이지 않았을 따름이다. 가령, 십 년 전의 일 하나만 돌아보아도 그게 오해라는 점을 깨달을 수 있다.

평범한 한국 국민은 까맣게 잊었겠지만, 2006년 9월 19일 한국 정부(산업자원부)는 청정 석탄발전을 위해 공청회를 개최했다. 장소는 서울무역전시컨벤션센터(SETEC) 국제회의장, 주관은 에너지관리공단 신재생 에너지센터, 주제는 고효율·청정 석탄화력발전 실용화사업.

그때 산자부나 에너지관리공단의 문제의식은 "기존 석탄화력발전 방식에 비해 발전효율이 우수하고 환경 오염물질의 획기적 저감이 가능한 친환경 발전소인 석탄가스화복합발전(석탄을 가스화시켜 SOx, NOx 등 공해물질을 미리 제거한 후 가스터빈과 증기터빈을 돌리고, 기존화력 대비 발전효율을 약 3~5% 향상하고, 공해물질을 90% 이상 저감하는 발전소)로써 지구온난화와 에너지부족 문제를 동시에 해결할 차세대 발전기술을 한국도 개발하고 상용화해야 한다는 것"이었다. 그리고 "미국, 일본 등 선진국을 중심으로 상용화를 위한 개발 경쟁이 가속화되고 있으나 한국의 경우는 고가의 건설단가와 설계 등 핵심기술 확보의 어려움 때문에 1990년대 초반부터 최근까지 연구소 중심의 기초연구 수행에 그치고 있다는 점"을 중요한 문제점으로 지적하기도 했다. 그러니까 한국에서도 1990년대 초반부터 미미한 수준이었으나 '청정 석탄발전'에 관심을 기울이고 있었던 것이다. 물론 '석탄의 가스화'에 집중하여 '하얀 석탄'까지는 상정해보지 못했던 것 같지만.

2006년 8월에 300MW급 IGCC 실증사업 세부기획을 위한 산·학·연 전문가 전담팀을 구성하여 〈석탄 IGCC 실용화사업 기획연구 보고서〉를 마련했던 산자부는, 이날 공청회의 결과를 반영하여 9월말에 사업을 공고하고 11월초에 사업계획서를 접수하고 평가하여 11월말에 석탄 IGCC 실용화 사업을 본격 착수할 계획이라고 밝혔다. 이 장밋빛 계획은 기대를 모으기도 했다. "석탄 IGCC 실용화사업은 2006년부터 2014년까지 총 9년간 상용급(300MW) IGCC 설계기술을 확보한 후 실증플랜트를 제작·건설·시운전하는 대규모 장기 프로젝트로, IGCC 상용기술의 체계화·종합화를 통해 2010년 이후 설비 노후에 따라 폐지되는 국내 석탄화력발전소를 국내기술 IGCC로 대체하면서 해외 플랜트 수출 역량도 확보하게 될 것이다."

2014년으로부터 이태가 더 지났다. IGCC실용화사업이 애당초 계획에 비해 어느 정도 진척이 되었나? 일반 국민이 잘 몰라서 그런지, 또는 제대로 국정홍보가 안 돼서 그런지, 애당초 계획을 초과 달성했나 미달했나? 나, 석탄도 알지 못한다. 다만 한 가지 분명해 보이는 것은 '설비 노후에 따라 폐지되는 국내 석탄화력발전소'를 대체한다는 목표에 대해서는 2014년까지 실적을 내지 못했다는 점이다. 그나저나 나, 석탄은 '석탄의 가스화'에 대하여 특별한 관심이 없다. 그것은 '하얀 석탄'과 어느 정도 관련이 있긴 있으나 본격적이지 않은 것이기 때문이다. 나, 석탄은 다음과 같은 일에 귀를 세우고 눈을 부빈다.

2016년 8월 3일 대한전기협회 홈페이지에 올라온 이슈 대담이다. 에너지시민연대 정책위원 석광훈, 한국산업기술대 교수 강승진, 전기연구원 박사 이창호. 세 사람의 주장을 담고 있다. 이들의 공통점을 편집자는 "전력수급정책에 참여해왔던 전력에너지 전문가"라 소개한다. 나, 석탄의 눈길을 끈 것은 공통질문 3번이었다.

'미세먼지와 온실가스 배출의 주범으로 몰리는 석탄화력과 점차 사회적 수용성이 떨어져가는 원자력에 대해 더 이상 확대가 어렵다는 우려가 나오고 있다. 하지만 이들 기저부하의 비중을 낮출 경우 그동안 일관되게 유지됐던 저렴한 전원확보계획의 차질도 예상된다. 이에 대한 견해는?'

석광훈은 이렇게 답변했다.

"저렴한 전기공급은 이미 지난 시대의 정책이다. 과거에 성장동력산업을 육성하기 위해 필요한 정책이었지만, 2016년에는 효력을 상실했기 때문에 유지할 필요가 없다. 지금의 성장동력인 신재생에너지, 스마트그리드 등을 육성하려면 제대로 된 가격신호를 줘야 한다. 원전과 석탄화력은 미세먼지, 온실가스, 사후처리 등의 사회적 비용 때문이라도 비중을 낮춰야 한다. 일본 후쿠시마 원전 이후 사고복구 등 사후처리에 쓴 돈이 이미 130조 원이 넘었다. 한전을 다 팔아도 감당 못하는 비용이다. 소비자들 입장에서 원전과 석탄으로 인한 사회적 비용이 엄청난데 Kwh당 10원 아끼자고 자라나는 아이들에게 위험한 에너지원을 계속 쓸지 실효성 있는 고민이 필요하다."

이 견해는, 나 석탄이 듣기에는, '저렴한 전기공급'에 매달려서 원전이나 석탄발전에 비해 전기요금이 두 배 더 비싼 태양광발전 같은 신재생에너지에 대한 투자를 미적거리지 말고, 원전과 석탄발전의 사회적 비용까지 계산하면 오히려 신재생이 더 싸게 먹힐 수 있으니 하루빨리 적극적으로 투자하라는 말로 들린다. 원전에 대해서는 나, 석탄도 찬성한다. 그러나 석탄발전에 대해서는 '하얀 석탄'에 더 관심을 기울이고 '하얀 석탄'의 도움을 크게 받으면서 신재생에너지를 지속적으로 확대하여 서로 원전의 빈자리도 메워나가는 것이 훨씬 더 현실성 있고 과학적이고 바람직하다는 반론을 들려주고 싶다. 나, 석탄, "죽일 놈이 그래도 입만 살아 가지고는"라고 핀잔을 먹어도 좋다. 오직 '하얀 석탄'에도 신재생만큼 관심을 기울여주기를 바란다. 또한 진정으로 바란다. 앞서 말했지만, 태양광발전 같은 신재생에너지는 대용량 전력 생산이 어렵고 그것만으로는 공장들을 돌릴 수 없다는 사실뿐만 아니라, 태양광발전을 대용량 체제로 가는 경우에는 자연파괴, 녹색파괴의 환경문제와 미학적 관점의 집단 정서불안증 등 사회적 비용을 유발하게 된다는 사실도 부디 유념해주기를. 그러한 문제에 대해서도 석탄발전의 미세먼지와 온실가스, 원전의 사후처리 문제와 지진으로 인한 돌발사고 문제만큼 정말 진지하고 양심적인 관심을 부디 기울여주기를.

 강승진은 이렇게 답변했다.

"석탄화력은 1000MW를 발전하려면 1년에 500만t의 온실가스가 발생한다. 미세먼지, 온실가스 문제 때문에 석탄화력은 제약발전이 불가피하다. 값싼 화력발전이 줄면 전기요금 인상으로 이어질 텐데, 그렇게 되면 반대로 수요가 줄어서 발전소를 더 짓지 않아도 될 수 있다. 조금 불편하더라도 발전소를 덜 지을 수 있다면 국민들도 받아들이지 않을까 하는 생각이다."

　이 견해는, 나 석탄이 듣기에는, 현재 석탄발전보다 전기요금이 두 배 이상 높은 태양광발전 같은 것을 대폭 늘리면 전기요금이 그만큼 올라가게 되니 자발적인 전기절약이 사회운동처럼 일어날 거라는 말 같은데…… 글쎄, 앞으로 한국에서 국민 개개인이 비싸진 전기요금에 스트레스를 덜 받기 위해, 또는 신재생에너지의 성장과 발전에 이바지하는 뜻에서 지갑을 더 열긴 열되 그래도 돈도 더 아끼기 위해 전기절약운동에 앞장서게 되면 퍽 좋은 일인데……, 전력을 대용량으로 소비해야 하는 공장 따위는 더 짓지 않아도 좋다고 하게 될지, 아니, 그런 공장 따위는 더 짓게 하지 말아야 한다는 법을 만들자는 청원운동이라도 범국민적으로 전개하게 될지…….

이창호는 이렇게 답변했다.

"이 문제는 앞으로 전력수요의 증가여부에 따라 판단해야 한다. 최근 수년 간의 추세나 선진국의 흐름을 볼 때 우리나라도 과거와 같은 급격한 수요증가는 어려울 것으로 보인다. 만약 앞으로 수요의 저성장이나 정체가 지속된다면 수요변동에 대한 유연성과 사회적 수용성이 낮은 대규모 전원을 계속 확대해 나가기는 어려울 것이다. 과거처럼 공급비용만으로 판단하거나 피크전원을 도식적으로 구분하는 것은 큰 의미가 없다. 앞으로 다양한 분산전원이나 수요자원의 확대 등을 고려하여 전원확보 기준이나 조달방식을 재정립할 필요가 있다."

이 견해는, 앞에서 보았다시피, 한국의 전력수요 증가율이 1990년대에는 410%를 기록했으나 요새는 무슨 요술을 부렸는지 거짓말처럼 1.5% 안팎으로 곤두박질쳤다는 통계를 근거로 삼은 듯한데, 나 석탄이 듣기에는, 앞으로 큰 공장들에 의한 대용량 전력소비 추세의 그래프가 장기적 저성장 경제의 그래프에서 벗어나지 못할 테니, 신재생에너지 확대에 더 치중하라는 뜻으로 들린다. 딱히 공격 받아야 할 발언은 아니다.

단지 나, 석탄은 걱정스레 묻고 싶다. 경제성장과 전력수요가 불가분관계인데, 몇 년째 불황 속에서 헤매는 한국경제의 전망에 대해 굳이 비관론의 망원경으로만 살펴야 하나? 슬그머니 그것이 한국인에게 습관처럼 익숙해져 버렸나? 한국경제의 전망에 대한 시시비비는 그쪽 전문가들에게 맡기기로 하더라도, 일례로, 10년 뒤 한국에도 전기차시대가 활짝 열린다고 하자. 전력소비의 관점에서는 숱한 공장들이 새로 들어선 것과 마찬가진데, 그 엄청난 배터리충전 전력을 어떻게 감당하나? 다시 전력소비가 큰 폭으로 증가할 수밖에 없지 않겠나? 그리고 북한의 딱하디 딱한 전력 사정도 고려해야 한다. 5년 뒤, 10년 뒤, 남북통일은 아니더라도 지속적이고 안정적인 남북화해와 교류의 새 시대가 드디어 활짝 열린다고 하자. 북한 동포와 북한 경제를 도와야 하는 대용량 전력공급이 시급한 상황에서 석탄발전, 원자력발전 건설을 서두른다고 해보자. 5년에서 15년이 걸리는데, 그 안에는 어쩌나? 남한의 대용량 전력이 북한으로 가야지 않나? '겨레사랑' 시민운동의 절약전력, 한전의 여유전력, 보내야지 않나? 그러한 상황을 태양광발전 같은 신재생에너지가 감당할 수 있겠나? 나, 석탄, 쉰 목소리로 거듭 거듭 '하얀 석탄'을 준비하라고 일러둔다.

아, 피크전원? 그건 한여름에 가정마다 냉방기를 돌리지 않고는 견딜 수 없을 때 전력 예비율이 거의 다 떨어졌다는 뉴스가 나오는 그때를 생각하면 된다. 집집마다 전기가 끊어질 수도 있는 그 기간에 한국인들은 어디에 가장 의존하고 있었나? 원전이 아니다. 나, 석탄이다. 한국정부의 6차 전력수급기본계획을 보면, 2012년 '피크 기여도'가 원자력 26.4%, 석탄(유연탄, 무연탄) 31.2%, LNG 25.6%, 석유 6.1%, 신재생 1.6%였다. 7차 수급계획을 보면, 2027년 '피크 기여도'를 원자력 27.4%, 석탄 34.7%, LNG 24.3%, 석유 0.9%, 신재생 4.5%로 예측하고 있다.

미래에너지의 대안과 희망은? 이 질문에 대해 어떤 과학자는 '핵융합 에너지'를 제시할 수도 있겠다. 그것이 실현된다면, 그때 나, 석탄은 감격의 박수를 보내고 조용히 사라지겠다. 과연 그것이 언제쯤 실현되려나? 앞에서 짧게 인용했던 그『회의적 환경주의자』는 이렇게 예측한다.

좀더 장기적인 관점에서 볼 때, 가장 큰 관심의 대상은 핵분열 에너지가 아니라 핵융합 에너지다. 핵융합을 하는 기술은 수소 원자 2개를 융합시켜서 헬륨 원자 하나를 만들어내는 것을 목표로 한다. 이 방법을 이용하면 연료 1그램으로 석유 45배럴에 해당하는 에너지를 생산할 수 있다. 여기에 필요한 연료는 기본적으로 보통의 바닷물에서 나온다. 따라서 연료 공급은 사실상 무한하다. 더욱이 핵융합 에너지를 이용하면 방사성 폐기물도 생기지 않고 방사능도 거의 방출되지 않는다. 그러나 핵융합을 위해서는 천문학적인 고온이 필요한데, 지금까지 무려 200억 달러가 넘는 돈을 투자했음에도 불구하고 이제 겨우 에너지 생산에 필요한 레이저 파워의 10%를 달성하는 데 성공했을 뿐이다. 따라서 핵융합 에너지의 상업적 이용은 2030년, 혹은 22세기가 시작되고 한참 지난 후에야 비로소 가능할 것으로 생각된다.

정책을 내고 대책을 쓰고 돈과 시간과 연구를 집어넣어도 향후 10년 안에는 아무리 애를 써봤자 국가의 전력수급 구조를 근본적으로 뜯어고칠 수는 없다. 물리적으로 불가능한 일이다. 그래서 30년, 40년, 50년, 100년 앞을 내다봐야 한다. 그야말로 다음 세대를 생각해야 한다. 30년, 40년, 50년, 100년 뒤에 한국사회는 산업에 써야 하는 대용량 전력을 어디에 의존할 것인가? 불원간 느닷없이 남북화해, 남북통일의 새 역사를 맞았을 때 그 초기에 북한 동포와 북한 경제를 도와줄 대용량 전력을 어디에 의존할 것인가? 원자력(핵)에 의존할 것인가, LNG에 의존할 것인가, 태양광 같은 신재생에 의존할 것인가, 아니면 '하얀 석탄'에 의존할 것인가? 이에 대해서 현명하고도 실현가능한 결정을 내려야 한다. 언제? 늦어도 2017년 안에는 국민 합의의 방식으로 결정을 내려야 한다.

후쿠시마 원전 사고 후에 독일이 어떻게 했나? '원전 전면 폐쇄 결정'을 번복하여 '원전 가동'을 다시 채택했던 메르켈의 독일 정부는 그 사고를 목격한 뒤 '하루 종일 텔레비전 생중계 토론'을 거쳐서 '원전 전면 폐쇄'로 돌아가지 않았나? '경주 강진'과 '미세먼지 난리'를 체험한 한국 국민은 '하얀 석탄'의 실상과 전망부터 제대로 알아야 한다. 한국 정부는 '하얀 석탄'이 현재 어디까지 와 있고 몇 년 안에 어떻게 발전한다는 것을 사실 그대로 국민에게 충분히 알려야 한다. 이 전제조건이 이뤄진 가운데 독일과 같은 생중계 대토론이 열려야 한다. 나, 석탄은 그날을 고대한다. 그리고 확신하고 있다. 현명한 한국인들은 다음과 같은 결정을 내릴 것이라고.

"신재생에너지를 적극 확대해 나가되 원전 의존도를 줄여나가는 그만큼 미세먼지와 온실가스를 획기적으로 감소

시킨 '하얀 석탄' 의존도를 늘려나가고 '늙은 석탄발전들'을
'하얀 석탄'으로 교체해 나가자."

……문제는 국민 합의로 묶어내는 방법론인데, 너무 뻔한
당위적 주문이지만, 그럼에도 불가능할지 모르지만, 그러한
사회적 국가적 시대적 인류적 중대사는 이른바 정치를 한
다는 인간들이, 그 리더십이 멋지게 감당해야 하는 책무의
하나다. 이 지점에서 나, 석탄은 "오, 대한민국"을 쓸쓸히
불러본다.

누가 '하얀 석탄'의 세계 모델을 세울 것인가?

나, 석탄이 최근에 희망적으로 주목하는 것은 한국의 전
력사업을 총괄한다고 볼 수 있는 한국전력공사의 새로운
움직임이다.

한전은 한국 중소기업 아스트로마와 차세대 CO_2 분리
막 상용화 개발 협약을 체결하고 총 180억 원의 예산을 투
입해 이를 공동 개발했다. 해당 설비는 경북 구미 고아읍에
설치돼 있다. 한전은 아스트로마와 분리막 생산설비와 인프

라를 구축하여 차세대 CO_2(이산화탄소) 분리막 상용기술
을 본격 추진한다.

한전은 CO_2 분리막 성능 개선 및 대용량 모듈 제조, 분리
막 공정 최적화를 완료하고 2017년까지 당진화력 5호기에
1MW급 CO_2 분리막 플랜트를 건설해 한전 고유의 상용급 분
리막 핵심기술을 확보할 예정이다.

한전은 전력그룹사들과 손잡고 온실가스와 미세먼지 감
축을 위해 대대적인 투자에 나선다. 오는 2030년까지 10조
원 이상을 투자해 발전소 폐쇄, 환경설비 보강 및 성능개선
등 정부계획을 조기에 이행한다. 또 30년 이상 사용으로 폐
쇄 예정인 10기의 발전소 중에서 운영기간이 4~5년 이상
남은 6기의 환경설비 보강에 투자한다.

이 뉴스들은 '하얀 석탄'의 시대를 갈원하는 이 늙은 석
탄의 마음을 첫사랑에 빠지는 젊은 인간의 마음처럼 온통
설레게 한다.

한국 발전회사 사장들도 지각은 했으나 꽤나 정신을 가다

듬은 모양이다. 나, 석탄, 나이를 최소한 수만 년 먹은 늙은 이는 그들의 지각을 나무라지 않겠다. 설령 늦게까지 퍼마시느라 늦잠을 잤더라도 그냥 덮어두겠다. 오히려 기특하게 여기겠다. 격려와 칭찬을 보내야겠다. '대통령 탄핵' '박근혜 하야'가 한국사회를 온통 뒤덮은 2016년 11월 25일, 한국 발전 5개사(한국남동, 중부, 서부, 남부, 동서)가 대한전기협회, 한전산업개발과 공동으로 〈2016 전력산업기술기준(KEPIC) 환경기술 세미나〉를 개최하더니 제법 고무적인 결의를 공표했다.

"단기적으로는 석탄화력 53기에 대해 2018년까지 2천 400억 원을 투입해 환경설비를 집중적으로 보강해 미세먼지 배출량을 2015년 대비 25% 이상 감축하고, 장기적으로는 석탄화력 43기를 대상으로 2018년부터 3조9천600억 원을 들여 고용량 고효율 환경설비로 교체한다. 이같은 개혁을 추진함으로써 석탄발전소의 미세먼지 배출 농도를 세계적인 수준인 황산화물(SOx) 15ppm, 질소산화물(NOx) 10ppm, 먼지 $3mg/Sm^3$) 이하로 감축하겠다."

한국에도 이소코석탄발전과 유사한 수준의 석탄발전, '하얀 석탄'의 출발선에 서는 석탄발전이 생겨날 것이라는 반가운 소식이었다. 물론 '성실하고 철저한 준비와 실천'이라는 가장 중요한 과제가 고스란히 남아 있긴 하지만……

2016년 9월 12일 밤에 경주, 울산, 부산 시민과 똑같이 깜짝 놀랐던 포항에서도 그 이전에 '석탄발전'으로 떠들썩했던 일이 있었다. 포스코 포항제철소의 석탄발전 추진이 그 주인공이었다.

포항제철소는 종합제철공장이다. 광양제철소나 당진의 현대제철소도 마찬가지다. 종합제철공장은 20개도 넘는 공장이 유기적으로 맞물려 돌아가는 공장이다. 그들 중에 반드시 포함돼야 하는 하나의 공장이 '발전소'다. 발전소가 없으면 전력을 몽땅 외부에서 사와야 한다. 발전소가 있어도 발전량이 부족하면 역시 외부에서 사와야 한다.

2016년 1월, 포항제철소는 기존의 낡은 소형 화력발전소들을 최첨단 화력발전으로 교체하겠으니 시민 여러분의 이해와 정부 관계당국의 승인을 구하고 싶다는 의사를 표명했다. 사정은 크게 세 가지라 했다.

첫째는 전력을 사오는 데 쓰는 수전비용이 임계수치에 다가서고 있어서 경영환경이 극도로 어려워질 수 있다는 것. 증거도 댔다. 일본 신일철주금, 중국 바오산스틸 등 경쟁업체들은 석탄과 부생가스를 활용해 자가(自家) 발전비율이

90% 이상인데 포철은 겨우 46%에 불과한 상황에서 2010년 킬로와트당 71.8원 했던 전력단가가 2014년 97.7원으로 급등하여 매년 7% 인상 추이를 보여줌으로써 2022년에는 전력요금만 1조2천억 원까지 상승할 전망이다. 전력요금 감당하느라 적자 경영으로 떨어질 형편이다. 이러니 기존 3기의 낡은 화력발전을 '500MW 청정화력설비'로 교체하여 자가 발전으로써 제철소 전력을 감당해야 한다.

둘째는 제철소 전체 대기배출 총량을 현재보다 더 저감시켜 대기환경을 더 개선하겠다는 것. 비교도 댔다. 한국이 자랑하는 최신 영흥석탄화력발전 이상의 환경시설을 도입하고 환경규제가 엄격한 EU 기준을 초과한 기준으로 충족시키겠다. 도표도 제시했다. 현행 규제로는 기존 석탄발전에 〈삭스(SOx) 50ppm, 녹스(NOx) 50ppm, 먼지(Dust mg/Nm³) 10〉 이내가 적용되는데 영흥석탄발전 3~6호기는 그 규제 수치가 각각 〈25, 15, 5〉이다. 포항제철소 석탄발전도 〈25, 15, 5〉를 적용하겠다. 물론 그 수치들은 만약의 최악 상태를 가정하여 행정처분의 불익을 당하지 않기 위해 실제보다 상향 조정한 것이다. 일본 이소코석탄화력도 그렇다. 요코하마시 당국과 발전소가 합의한 그 수치는 이소코 2호기의 경우에 각각 〈10, 13, 5〉이다. 그러나 실제 가동 실태는 그 수치들이 〈0.00, 0.02, 0.6〉으로 나타나는 시간이 길고 잦다. 포항제철소도 석탄발전을 건설해서 가동에 들어가면 설정한 기준치보다 더 낮게 운영할 테지만 과연 이소코 수준을 보여줄 수 있나? 우선, 그 기준치 자체가 이소코에 못 미치는 영흥의 수준이니 역시 '세계 최고 석탄발전'을 기대하기란 어렵지 않겠나? 또한 이소코는 건식 탈황설비를 장착하여 굴뚝에서 하얀 연기 한 오라기도 보기 어려운데 포항제철소는 습식을 계획하고 있으니 굴뚝으로 허연 연기를 피워 올린다면 '대기오염물질' 배출이라는 오해와 시비에 시달리지 않겠나?

셋째는 1조 원대의 대규모 화력발전 프로젝트를 통해 지역경기에 활력을 불어넣고 건설노동자들에게 일자리를 제공하겠다는 것. 실제로 포항제철소의 그 계획에 대해 환경단체들은 반대하고 나섰지만 지역 건설노조는 환영의 뜻을 나타냈다. 시민들은 30만 명이 서명운동으로 '지지'를 보냈다. 나, 석탄, 이 자리에서 찬반 문제는 덮어두겠다.

포항제철소 석탄발전은 자가(自家) 산업용이다. 포스코는 상업용 석탄발전 건설권도 쥐고 있다. 강원도 삼척이다. 거기서 '하얀 석탄'을 세워도 좋다.

나, 석탄의 관심은 포스코가 석탄발전을 세우기로 한다면

'세계 최고 석탄발전'의 모델을 만들라는 것이다. '하얀 석탄'의 한국 모델로서 세계 모델을 제시하라는 것이다. 발전이니까 꼭 한전이나 전력업체가 해야 하나?

그런 법은 없다. 그들보다 포스코가 얼마든지 한 발 앞설 수도 있다. 한국의 에너지 관련 기술력, 포스코 보유 기술력, 포스텍과 포항산업과학연구원의 기술력, 여기에다 일본과의 협력을 추가하면 얼마든지 포항제철소나 삼척에서 '하얀 석탄'의 세계적 모델을 구현할 수 있다.

역시 의지의 문제다. 더 깊이 더 정확히 짚으면 '진정한 포스코 정신의 계승의지' 문제다. 한국 철강신화를 세계 철강업계에 최고로 우뚝 세우고 2011년 12월 세상을 떠난 '세계 최고의 철강인' 청암 박태준. 그가 포스코와 한국사회에 남긴 매우 긴요한 정신이 무엇인가? 한마디다.

"세계 최고를 고집하라!"

진실로 박태준의 후예이기를 자처한다면 포스코는 석탄으로 발전에 나서는 경우에 '하얀 석탄'의 세계 모델에 도전해야 한다. 건설비라는 것이 발목을 잡으려 하겠지만, 좀 더 긴 안목으로 내다보면, 그것은 우리 시대 에너지정책의 올바른 전환과 조정에 이바지하는 '나라사랑'의 길이기도 하다.

마침내 '하얀 석탄'이여!

　나, 석탄, 늙은 꼰대처럼 거듭하는 잔소리지만, 신재생에너지는 열심히 확대해 나가야 한다. 태양광, 풍력, 수력, 바이오매스, 석탄가스화·액화, 연료전지. 이 에너지들을 '할 수 있는 데까지 가장 크게' 만들어야 한다. 그러나 외곬으로 빠져서는 안 된다. 대한민국, 한반도의 휴전선 이남이라는 이 협소한 땅덩어리에서는 태양광은 태양광대로, 육상풍력은 육상풍력대로, 해상풍력은 해상풍력대로, 수력은 수력대로 다 단점과 한계를 지니고 있다. 그것을 그대로 인정하여 이성적으로 판단하고 결정해야 한다는 것이다. 떼거리 싸움으로 다뤄서는 안 된다.

　인간에 비유해 보자. 미남, 미녀가 있다. 미남, 미녀는 단점이 없고 한계가 없나? 운동에 뛰어난 천부적 재능아가 있다. 수학에 뛰어난 천부적 재능아가 있다. 음악에, 미술에, 암기에, 과학에 아주 탁월한 소년소녀가 있다. 그 친구들은 단점이 없고 한계가 없나? 신재생에너지도 마찬가지다.

　원자력발전은 원자력발전대로, 태양광발전은 태양광발전대로, 석탄발전은 석탄발전대로 저마다 장점도 있고 단점과 한계도 있다.

원자력발전의 가장 심각한 단점과 한계는 '사용 후 핵폐기물' 처리문제와 지진이나 뜻밖의 사고가 순식간에 '무시무시한 놈'으로 돌변시킬 수 있다는 사실이다. 현재도 그러한 상태에서 가동되고 있다. 2016년 9월 12일 밤의 경주 강진에 깜짝 놀란 경주, 울산, 부산, 포항 시민이 한국 어느 지역의 시민보다 그것을 살 떨리는 몸으로 '체험'했을 따름이다.

태양광발전의 가장 심각한 단점과 한계는 한국 원자력발전들을 몽땅 태양광발전으로 대체할 경우에 경기도 면적에 버금가는 국토를 시커먼 패널로 뒤덮어야 한다는 계산이 보여주는 것과 같이 대용량 전력을 생산하자면 녹지파괴, 생태파괴, 미관 스트레스의 정서불안증 유발 등 새로운 환경문제와 사회적 비용을 야기할 수밖에 없다는 사실이다.

기존 석탄발전의 가장 심각한 단점과 한계는 어느 날부터 미세먼지 배출과 기후온난화를 유발한 온실가스 배출의 주범으로 몰려 '죽일 놈'으로 인식되고 있다는 점이다. 다만 '죽일 놈'의 석탄발전에서 현재 주목할 것은 그 단점, 그 한계를 이미 상당히 극복했으며, 더 빠른 속도로 남은 문제들도 극복하고 있다는 것이다. 이 사실을 나, 석탄은 '하얀 석탄'이라 부른다.

'죽일 놈의 석탄'을 극복한 '하얀 석탄'은 한국사회에, 일본사회에, 인류사회에 변함없이 대용량 전력을 싼값으로 공급하는 '제3세대 하얀 석탄화력발전소'다.

지진도 없고 미세먼지도 없는 어느 고요한 밤, 홀로 책상에 앉아 전등만 켜둔 채 눈을 감고 마음을 텅 비우고 자문해 보라.

'이 빛을 어디서 받아야 하는가?'

어느 순간에 포근한 봄바람의 속삭임 같기도 하고 원숙한 노인의 조용한 가르침 같기도 한 목소리가 내면 깊숙한 데로 스며들 것이다.

"신재생에너지를 계속 확대해 나가라. 그런데 대용량 전력의 대부분을 어디서 구해야 하나? '죽일 놈'을 극복한 '하얀 석탄'에서 구해야 하나, 아무리 애를 써도 '무시무시한 놈'의 운명만은 벗어날 수 없는 원자력발전에서 구해야 하나? '하얀 석탄'에는 못 미친 2세대 석탄발전도 일본을 구한다는데, '하얀 석탄'이 한국을 망하게 하겠나? 지구온난화 문제와 그 해법에 대한 새로운 진실까지 담보한 '하얀 석탄'이……."

　나, 석탄이 보낸 '하얀 석탄'의 말이다. 일찍이 '블랙 다이
아몬드'를 역겨워했던 나, 석탄은 '더티 에너지'가 매우 억울
하다는 주장에 얼마든지 목소리를 높일 수 있고, 그 메아리
는 얼마든지 '화이트 코올'이라 돌아오게 된다.
　마침내, 이제는, 내 이름은 '하얀 석탄'이다.

그리고, 영화 〈판도라〉

　나, 석탄이 제법 긴 토로를 그만 그칠까 하는 즈음, 한국
영화 〈판도라〉가 개봉했다. "영화보다 더 영화같은 현실(최
순실네)" 탓에 극장가도 출판사나 서점가와 마찬가지로 허
기지고 있다는 세밑인데, 와우, 〈판도라〉는 "고대하시라,
개방박두!" 홍보선전이 허장성세가 아니었다는 것을 증명
하듯 개봉 첫날부터 '대박'을 예감케 한다는 소식이 들려온
다. 오래 전에 탈핵정책을 택한 스웨덴, 네덜란드, 벨기에,
국민투표로 탈핵을 결정한 이탈리아, 스위스, 국민토론 후
탈핵을 선언한 독일에서는 "왜 저런 영화를 만드나" 쯧쯧쯧

혀를 찰지 모르겠는데, 〈판도라〉에 대한 나, 석탄의 감상평은 한마디다.

"원자력발전소 사고가 얼마나 끔찍한 재앙을 초래하는가를 적나라하게 보여주고 있다."

〈판도라〉는 '상상의 현실'이 아니라 '(일어날 수 있는) 현실의 재현'에 더 가까워 보였다. 정부의 무능이니 부패 구조니 하는 문제들은, 원전사고가 순식간에 초래한 대재앙에 비하면 차라리 그냥 '따위'들로 치부해버려도 될 것 같았다.

"저희 정부는 솔직히 아무것도 할 수 없습니다."

〈판도라〉에 나오는 대통령의 대국민 담화 한 문장이다. 후쿠시마 원전사고 생중계 장면을 떠올려 보라. "이렇게 하고", "저렇게 하고", 정부가 내놓은 대책들이 무슨 소용 있었나.

나, 석탄, 최소한 나이를 수만 년 쌓은 나, 석탄, 불현듯 노파심 하나가 솟아났다. 한국인에게 기억을 더듬어 보라는 권유를 남기고 싶다. 아니, 잊지 말아야 한다는 충고를 남기고 싶다. 무엇을 기억해야 하나?

〈판도라〉의 배경이 되는 고리원전(부산시 기장군에 있음), 거기서는 진짜로 몸서리치게 만드는 사고가 발생한 적이 있었다. 2012년 2월, 협력업체 소속 점검원이 실수로 차단기를 내려 외부전원이 차단되었다. 그런데? 외부전원이 끊겼을 때 자동으로 작동해야 할 비상발전기가 작동하지 않았다. 그래서? 원자로 냉각에 필요한 모든 전원이 차단돼서 순간적으로 '완전정전상태(Black Out)'가 되고 말았다. 그러면? '블랙아웃'이 한두 시간 지속되면 수천 도의 초고온에 시달리는 원자로를 제대로 식혀주지 못해서 후쿠시마 원전사고와 비슷한 '노심 용융사고'가 발생할 수도 있다.

물론이다. 나, 석탄이 '따위'라고 지칭한 그것들도 똑똑히 기억해야 한다. '따위'들이 돌발 대재앙의 보이지 않는 뿌리라고 생각해야 한다. '따위'들의 더러운 힘이 별안간 '인위적 지진'으로 둔갑할 수 있기 때문이다.

2012년 2월, 그때, 고리원자력발전소는 사고를 조직적으로 숨기고 덮으려 했다. 정전사고가 수습된 직후에 발전소장은 기술실장, 발전팀장 같은 간부들을 모아놓고 사고 사실을 은폐하려 모의했다. 가공할 위장전술도 써먹었다. 사고은폐의 상황을 유지하기 위해 사고 후 모든 비상 발전기가 작동되지 않는 상태에서 핵연료를 인출하는 등 '위험한 정비'를 계속 감행했던 것이다.

〈판도라〉에도 '따위'들이 등장한다. 사고수습을 위한 보고와 대응이 제대로 이루어지지 않고, 바닷물로 원자로를 냉각하는 방법이 경제성(비용 따지기)에 밀려 더 엄청난 재앙으로 이어지고…….

그렇구나. 나, 석탄, 꼭 남겨둘 당부 하나를 여태껏 까먹고 있었다. 이 당부를 정말 마지막으로 남긴다. 자본의 속성과 인간의 욕망이 딱 들어맞는 찰떡궁합을 이루는 '돈벌이 먹이사슬'이 어쩔 수 없이 〈하얀 석탄〉에도 거대한 거미줄처럼 달라붙을 수밖에 없을 텐데, 어쩌겠나, 인간이 무슨 재간으로 '따위'들을 다 밀어내고 다 물리칠 수 있으랴마는, 나, 석탄, 바라건대, 인간의 평화로운 삶과 인간의 생명을 위협하고 파괴하는 '따위'만은 제발 막아내기를! 부디 키워내지 말기를!

하얀 석탄

발행일	2017년 1월 2일 초판 1쇄 발행
	2017년 1월 14일 초판 2쇄 발행
펴낸이	김재범
펴낸곳	(주)아시아
지은이	이대환
기획	이대환 윤민호 임재현
편집	김형욱 윤단비
관리	강초민
출판등록	2006년 1월 27일 제406-2006-000004호
인쇄 · 제본	AP프린팅
종이	한솔 PNS
디자인	나루기획

전화	02-821-5055
팩스	02-821-5057
주소	경기도 파주시 회동길 445(서울 사무소: 서울시 동작구 서달로 161-1 3층)
이메일	bookasia@hanmail.net
홈페이지	www.bookasia.org
페이스북	www.facebook.com/asiapublishers

ISBN   979-11-5662-302-1 (03800)

이 도서의 국립중앙도서관 출판도서목록(CIP)은 서지정보유통지원시스템 홈페이지(http://seoji.nl.go.kr)와
국가자료공동목록시스템(http://www.nl.go.kr/kolisner)에서 이용하실 수 있습니다.
(CIP제어번호: CIP2016027650)

Through Literature, you
Bi-lingual Edition Modern

ASIA Publishers' carefully selected

Set 1	Set 2

Division

Industrialization

Women

Liberty

Love and Love

Affairs

South and North

Set 3	Set 4

Seoul

Tradition

Avant-Garde

Diaspora

Family

Humor

Search "bilingual edition

can meet real Korea!
Korean Literature

22 keywords to understand Korean literature

한국의 잃어버린 얼굴 Traditional Korea's Lost Faces

해방 전후(前後) Before and After Liberation

전후(戰後) Korea After the Korean War

최신 한국문학의 트렌드를 선도하는
〈K-픽션〉 시리즈

실력과 독창성을 겸비한
젊은 작가들이 보여주는
각양각색의 작품 세계

박민규 외 지음 | 전승희 외 옮김 | 각 권 7,500원

〈바이링궐 에디션 한국 대표 소설〉 시리즈를 통해 검증된 탁월한 번역진이 참여하여 원작의 재미와 품격을 최대한 살린 〈K-픽션〉 시리즈는 매 계절마다 새로운 작품을 선보입니다.

Each issue consists of a wide range of outstanding contemporary Korean short stories that the editorial board of *ASIA* carefully selects each season. These stories are then translated by professional Korean literature translators, all of whom take special care to faithfully convey the pieces' original tones and grace. We hope that, each and every season, these exceptional young Korean voices will delight and challenge all of you, our treasured readers both here and abroad.

001	002	003	004
박민규	박형서	손보미	오한기
버핏과의 저녁 식사	아르판	애드벌룬	나의 클린트 이스트우드
001	002	003	004
Park Min-gyu	Park hyoung su	Son Bo-mi	Oh Han-ki
Dinner with Buffett	Arpan	Hot Air Balloon	My Clint Eastwood

005

최민우
이베리아의 전갈

005

Choi Min-woo
Dishonored

006

황정은
양의 미래

006

Hwang Jung-eun
Kong's Garden

007

윤이형
대니

007

Yun I-hyeong
Danny

008

천명관
퇴근

008

Cheon Myeong-kwan
Homecoming

009

금희
옥화

009

Geum Hee
Ok-Hwa

010

백수린
시차

010

Baik Sou linne
Time Difference

011

이장욱
올드 맨 리버

011

Lee Jang-wook
Old Man River

012

이기호
권순찬과 착한 사람들

012

Lee Ki-ho
Kwon Sun-chan and
Nice People

013

장강명
알바생 자르기

013

Chang Kangmyoung
Fired

014

김애란
어디로 가고 싶으신가요

014

Kim Ae-ran
Where Would You
Like To Go?

015

김민정
세상에서 가장 비싼 소설

015

Kim Min-jung
The World's Most
Expensive Novel

016

김금희
체스의 모든 것

016

Kim Keum-hee
Everything About Chess

아시아 문학선

흐린 마음에 별똥별처럼 떨어지는 아시아문학,
"당신의 서재에는 어떤 아시아가 있습니까?"